Karl Richard Lindscheid

Geschichten vom Huhn

Karl Richard Lindscheid

Geschichten vom Huhn

Bibliografische Informationen der Deutschen Nationalbibliothek:
Die Deutsche Nationalbibliothek verzeichnet diese Publikation
in der Deutschen Nationalbibliografie; detaillierte
bibliografische Daten sind im Internet unter http://dnd-dnb.de
abrufbar.

© 2017 Karl Richard Lindscheid
Herstellung und Verlag: Books on Demand, Norderstedt
ISBN 9 783746 016047

Widmung

Für Annette – natürlich

Inhalt

Das Huhn und der Regenwurm

Es war einmal ein Huhn. Mit „Es war einmal" fangen viele Geschichten an. Aber mit „Es war einmal ein Huhn" nur ganz wenige. Und eine Hühnergeschichte mit diesem Inhalt, die gab es bisher noch nicht.

Dieses Huhn ging im Garten spazieren. Es genoss die Sonne und war guter Dinge. Ab und zu pickte es ein Körnchen auf – wie Hühner das zu tun pflegen. Es kostete von dem Salat, der schön und grün auf seinem Beet stand. Der Hunger war dadurch zwar geringer, aber ein bisschen Hunger hatte das Huhn doch noch. Das Huhn klopfte mit dem Schnabel auf den Boden. Das machen Hühner gerne, denn dann denken die Regenwürmer, dass es regnet, und stecken ihren Kopf aus dem Boden.

In diesem Fall hatte das Klopfen des Huhns nicht die gewünschte Wirkung, so dass es diesen Vorgang an einem anderen Ort wiederholte. Jetzt steckte wirklich ein Regenwurm seinen Kopf aus dem Boden. Das Huhn freute sich über das Erscheinen des Regenwurms, denn es wollte die Reste seines Hungers auch noch stillen. Es wollte gerade damit beginnen, den Regenwurm mit seinem Schnabel vollständig aus dem Boden zu ziehen, da begann der Regenwurm zu sprechen.

„Könntest Du Dir vorstellen, dass Du mit Deinem Klopfen einfach nur störst?" Das Huhn begann, verwirrt zu werden. Es hatte bisher noch keinen Regenwurm kennengelernt, der sprechen konnte. Als es sich wieder gefangen hatte, fragte es: „Was sagst Du da? Seit wann können Regenwürmer sprechen?" „Ich kann es", sagte der Regenwurm. „Ich würde mich gerne zurückziehen und weiter meditieren, wenn Du gestattest." Das Huhn fand es ungewöhnlich, dass der Regenwurm sich nicht einfach fressen lassen wollte. „Ich habe noch ein wenig Hunger und wollte Dich gerne verspeisen." „Das würde ich gerne verhindern", gab der Regenwurm zurück. „Wie wäre es, wenn ich Dir ein Gedicht vortrüge und Du von dem Verzehr meinerseits Abstand nähmest?"

„Sprichst Du immer so geschwollen?", fragte das Huhn. „Entschuldigung", sagte der Regenwurm, „ich will mich korrigieren: Du mich nicht fressen, ich Dir sagen Gedicht auf." „So schlicht wollte ich das auch nicht hören", meinte das Huhn. „Ich höre mir jetzt die erste Strophe an und dann entscheide ich über Fressen oder Weiterhören."

„O tempora, o mores", seufzte der Regenwurm. Dann begann er:

Ein Huhn, das ging im Garten

Es pickte hin und her

Die Körnchen können warten

Ein Regenwurm muss her.

„Du erzählst gerne von Dir", sagte das Huhn. „Die Situation ist, gebe ich zu, für mich nicht angenehm", gab der Regenwurm zurück. „Ich wollte Dich gerne auf die zweite Strophe einstimmen." „Ich will damit nicht sagen, dass mir diese Strophe nicht gefallen hat", sagte das Huhn, „freundlicherweise hast Du auch mit mir als Huhn begonnen. Aber Du solltest Deine persönlichen Befindlichkeiten aktuell etwas zurückstellen." „Gern", sagte der Regenwurm, „hättest Du etwas dagegen, wenn ich Dir die zweite Strophe vortrage?" „Nein", meinte das Huhn, „ich höre". Da begann der Regenwurm mit der zweiten Strophe.

Das Huhn, das aus dem Garten

Das sang so gern ein Lied

Es klingt so schön im Garten

Des Gartenhühnchens Lied.

„Diese Strophe gefällt mir besser als die erste", sagte das Huhn. „Es scheint, Du hast Dir mit dem Dichten etwas mehr Mühe gemacht." „Man tut, was man kann", antwortete der Regenwurm und bemühte sich, nicht rot zu werden, was

4

angesichts seiner normalen Farbe ohnehin nicht aufgefallen wäre. „Wenn es Dich interessiert, kannst Du zu diesem Text auch singen. Ich kann Dir eine Melodie vorsingen." „Sag mal", fragte das Huhn, denn es hatte einen anderen Gedanken, „schmecken Regenwürmer, die dichten oder singen können, eigentlich anders als normale Regenwürmer?"

Der Regenwurm wurde ärgerlich. „Denkst Du eigentlich nur ans Essen?", fragte er. „Interessiert Dich diese schöne Melodie überhaupt nicht?" „Doch", sagte das Huhn, „dann fang mal so langsam an." Und der Regenwurm sang die erste Strophe und dann die zweite Strophe und dann sangen das Huhn und der Regenwurm die beiden Strophen gemeinsam.

Heute wissen wir, dass diese Melodie viel, viel später in ein italienisches Volkslied übernommen worden ist, welches im Deutschen mit den Texten „Ein Hund kam in die Küche" oder auch „Mein Hut, der hat drei Ecken" bekannt ist. Aber diese Geschichte zeigt uns, dass diese Melodie eigens von dem Regenwurm für das Huhn erfunden worden ist.

„Das war richtig schön", sagte das Huhn. „Das freut mich", meinte der Regenwurm, „ich wäre Dir allerdings sehr dankbar, wenn Du mich in die Erde zurückkehren ließest. Ich muss auch bekennen, dass mir eine neue Strophe in dieser Situation spontan nicht mehr einfällt." „Wir könnten einen Kompromiss machen", bot das Huhn an, „ich fresse nur Deine Unterhälfte und erlasse Dir den zweiten Teil der dritten Strophe." „Du nutzt meine Situation aus", erwiderte der Regenwurm und betrachtete seufzend seinen Körper, der jetzt vollständig über dem Boden zu sehen war. „Gut, Du sollst die dritte Strophe hören."

Ein Regenwurm ist schmackhaft

Ein Regenwurm ist fein

Doch ist es nicht sehr lachhaft

So einfach ohne Bein.

„Das finde ich doof", sagte das Huhn. „Das hast Du nur erfunden, um Dich zu retten." „Nein", beteuerte der Regenwurm, „ich wusste gleich, dass Dir Literatur und Musik viel bedeuten. Ich habe diese Strophe nur eingefügt, um Dich auf weitere einzustimmen. Ich hätte dazu nur ein Problem." „Ich höre." Das Huhn wiegte den Kopf hin und her. Es wollte gern mehr Gedichte hören. Vielleicht ergäbe sich auch die Gelegenheit, dazu zu singen. „Ich müsste kurz nach unten kriechen, in meinen Aufzeichnungen sind zahlreiche weitere Strophen vorhanden." „Nun gut", sagte das Huhn nicht ohne Freundlichkeit, „aber beeil Dich."

Der Regenwurm kroch, so schnell er konnte, in den Boden. Wenn wir ganz ehrlich sind, werden wir verstehen, dass er nicht mehr zurückgekommen ist. Das Huhn aber hatte so schön gesungen, dass es auf einmal doch keinen Hunger mehr hatte. Und so richtig böse war es dem Regenwurm auch nicht. Es hat dann nämlich selbst gedichtet – und das war auch nicht schlechter als das, was der Regenwurm gedichtet hatte. So hat das Huhn noch eine vierte und fünfte Strophe gedichtet. Und wenn es fröhlich war, und das war es meistens, dann hat es zu der Melodie von dem Regenwurm seine eigenen Strophen gesungen und ab und zu auch die zweite Strophe von dem Regenwurm. Die dritte fand das Huhn nach wie vor doof.

Ich bin sehr gern im Garten
Das ist mein Recht als Huhn
Du wirst es nicht erwarten
Ich bin das Gartenhuhn.

Ich bin so gern im Garten
Weil – ich bin gerne Huhn
Und wär es nicht der Garten
Ich bleib das Gerne-Huhn.

Das Huhn auf der Flucht

Es war so wie es immer ist. Kaum hatte das Huhn sein Treffen mit dem Regenwurm verarbeitet, da passierte etwas Neues, Einschneidendes, Lebensveränderndes. Und das kam so: Das Huhn hatte sich vorgenommen, einige Tage im Garten zu verbringen und auf Regenwürmer zu verzichten. Es hätte ja sein können, dass es denselben Regenwurm noch einmal traf. Einerseits wäre es schön gewesen, noch einige schöne Lieder vom Regenwurm gedichtet zu bekommen, aber andererseits wollte das Huhn etwas Ruhe in sein Leben bekommen. Es hätte auch sein können, dass das Huhn auf einen normalen Regenwurm traf, aber das Huhn hätte auch einen normalen Regenwurm nicht mit demselben Appetit verspeisen können wie früher.

Also verzichtete es auf Regenwürmer und begnügte sich mit Körnchen, die in diesem Garten immer reichlich vorhanden waren. Manchmal döste es in der Sonne und manchmal sang es zu der Melodie des Regenwurmes, zum Beispiel das folgende:

Das Huhn, das aus dem Garten

Das sang so gern ein Lied

Es klingt so schön im Garten

Des Gartenhühnchens Lied.

Aber dieses Lied kennen wir ja schon. So saß unser Huhn eines Tages auf dem Rasen des Gartens, da hörte es Stimmen. Die eine Stimme sagte: „Lange wird der Jupp diesen Garten wohl nicht halten können. Und mit den Hühnern ist das so eine Sache. Die dürfen laut Kleingärtnersatzung nur noch zwischen sieben Uhr morgens und sieben Uhr abends gackern. Das wird nicht gehen." Darauf antwortete die andere Stimme: „Und was sollen wir machen?" Die erste Stimme sagte: „Na ja, zum Beispiel Hühnerfrikassee. Und der Jupp muss sehen, wie er klar kommt."

Das Huhn wurde aufgeregt. Es wollte nicht als Hühnerfrikassee enden. Was ein Hühnerfrikassee genau war, das wusste es nicht. Aber es konnte sich denken, dass es dann mit seinem Hühnerdasein zu Ende wäre. Es musste sich etwas überlegen. Am besten wäre es wohl, wenn es den Garten verließe und sich umsähe, wo es denn besser aufgehoben wäre. Das könnte aber schwierig werden, weil Hühner, die nur picken, aber keine Gegenleistung erbringen wollen, möglicherweise nicht gern gesehen wären. Das Huhn überlegte hin und her, aber es sah zu diesem Vorhaben keine Alternative.

Es blieb weiter auf dem Rasen sitzen und überlegte. Am besten wäre es, zu flüchten, ja, das hatte es schon überlegt. Aber wie sollte es den Garten verlassen? Der war hoch eingezäunt. Jetzt erkannte das Huhn den Zweck. Die Umzäunung war dazu da, das Huhn und die anderen Hühner am Verlassen des Gartens zu hindern. Das Huhn wollte es trotzdem versuchen. Es nahm all seinen Mut zusammen und versuchte, den Zaun zu überfliegen. Aber das klappte nicht. Das Huhn flatterte zwar mit allen seinen Kräften, aber der Zaun war zu hoch. Das Huhn blieb etwas oberhalb der Mitte hängen. Es befreite sich aus den Maschen des Zaunes. Dann fiel es herunter. Das Huhn versuchte es ein zweites und ein drittes Mal, aber es schaffte es nicht.

Da war das Huhn ganz traurig. Dicke Tränen rannen über seine Hühnerwangen. Es saß auf dem Rasen des Gartens und weinte und weinte. Aber – was ist stärker als Gewohnheit? – es stand dann auf und lief über den Rasen und pickte auf die Erde. So, als wollte es einen Regenwurm fangen. Es dachte gar nicht darüber nach, was es denn da eigentlich tat. Da kam ein Regenwurm aus der Erde. Erst kam er zur Hälfte heraus und dann zeigte er sich ganz. „Hast Du mich gerufen?", fragte er. „Bist Du **der** Regenwurm?", fragte das Huhn ganz erstaunt. Es hatte noch Tränen in den Augen, aber es kamen keine neuen mehr nach, so erstaunt war es. „Ja, ich bin **der** Regenwurm", sagte der Regenwurm, „der Regenwurm, der dichten und Lieder erfinden kann. Aber jetzt sehe ich Dich hier mit einem Problem." „Das kannst Du wohl sagen", sagte das Huhn, „ich will nicht zu Hühnerfrikassee verarbeitet werden." „Das kann ich gut verstehen", sagte der Regenwurm, „ich gebe Dir nur einen einzigen Tipp." „Wie heißt der Tipp?", fragte das Huhn. „Intelligenter Einsatz der Ressourcen!", rief der Regenwurm. „Was soll denn das bedeuten?", fragte das Huhn wieder. Es wollte nicht erneut fragen, warum der Regenwurm so geschwollen sprach. „Du könntest", sagte der Regenwurm sanft, „bevor Du wieder und wieder gegen den Zaun fliegst, erst einmal auf die Kiste da fliegen und erneut starten. Dann wird es Dir gelingen, den Zaun zu überwinden."

„Das ist nett von Dir", sagte das Huhn. „Wie kann ich mich dafür bedanken?" „Das wirst Du schon", meinte der Regenwurm, „aber anders als Du denkst. Ich bin mir sicher, dass Du meine Melodie auf der ganzen Welt verbreiten wirst, denn Du singst so gerne. Das ist mir Dank genug. Aber wenn ich ganz ehrlich bin", er schwieg eine kleine Weile, „ich fände es auch schade, wenn Du als Hühnerfrikassee enden würdest. Irgendwie mag ich Dich. Mach's gut." Er verschwand in der Erde.

Das Huhn flog auf die Kiste, die im Garten herumstand. Dann nahm es erneut all seinen Mut zusammen und schlug kräftig mit den Flügeln. Es erhob sich von der Kiste und flog auf den Zaun zu. Der Zaun kam näher, das Huhn gewann an Höhe, und dann hatte es den Zaun überwunden. Leider streiften die Beine das oberste Ende des Zaunes und das Huhn kam aus dem Gleichgewicht. Es fiel zu Boden. „Gott sei Dank auf der anderen Seite des Zaunes", dachte es. Jetzt war das Huhn in Freiheit. Wenn es dachte, seine Sorgen hätten jetzt ein Ende, dann hatte es sich getäuscht. Um die Kleingartenanlage herum standen einige Bäume. Aber hinter den Bäumen waren ganz viele Häuser. Die hatte das Huhn aus dem Hühnergarten heraus gar nicht sehen können. Und zwischen den Häusern waren

Straßen, und auf denen fuhren viele Autos. Viele Menschen waren unterwegs. Die gingen an den Seiten der Straßen neben den Autos.

Das Huhn bekam es mit der Angst. Es fand eine kleinere Straße mit wenig Menschen und Autos. Dieser Straße folgte es. Dann war die kleine Straße zu Ende. Sie mündete in einen großen Platz. In der Mitte stand ein Brunnen. Es waren Bäume da und auch eine Wiese mit Gras. Menschen saßen auf Bänken. Da ging das Huhn hin. Es wollte auf der Wiese nach Körnern suchen. Aber als es an der Wiese angekommen war, liefen zwei kleine Jungen auf das Huhn zu. Sie fingen an zu gackern und machten „putt-putt-putt". „Wie doof die sind", dachte das Huhn, „gackern tun doch nur Hühner." Es war ein bisschen beleidigt, denn auch Hühner haben ihren Stolz. Aber es war besser, an das Fressen zu denken als an den Stolz. So gackerte es ein wenig vor sich hin, denn es hatte ein Stück Brot erspäht, auf das es Hunger hatte. Die Jungen schienen zufrieden zu sein, denn sie ließen das Huhn in Ruhe. Das Huhn konnte sich stärken. Dann zog es weiter, denn so ganz geheuer war es ihm nicht in der großen Stadt.

Es ließ sich nicht vermeiden, eine große Straße zu überqueren. So schnell das Huhn auch lief, wobei es mit den Flügeln zur Unterstützung flatterte, ein Auto kam auf es zu. Der Fahrer hupte laut und bremste, und es war schon knapp für das Huhn gewesen. Aber es war geschafft: Das Huhn war auf der anderen Seite der Straße. Auf dieser Straßenseite war es grün. Das Huhn blickte sich um. Nicht weit von ihm stand dieses gefährliche Auto in einer langen Autoschlange. Und da, wo die Schlange anfing, war eine rote Lampe. Das Huhn hatte sich das Auto und seinen Fahrer genau gemerkt, obwohl alles so schnell gegangen war. „Na warte", dachte sich das Huhn. Es nahm Anlauf und lief auf das Auto zu. Und vor dem Auto flog es in die Luft und machte dem Fahrer einen dicken Klecks auf die Scheibe. Dann sah es zu, dass es schnell wegkam. Das Grün auf dieser Straßenseite bestand aus einer Wiese, dahinter waren Büsche und Bäume. Das Huhn lief auf die Bäume zu. Hinter den Bäumen war Wasser. Das Wasser lag tiefer als das Grün. Es floss zwischen großen schrägen Mauern daher.

Das Huhn stellte sich so hin, dass es nicht auf die schrägen Mauern kam. Die sahen doch recht glitschig aus. Wenn es darauf ausrutschte, fiele es in das Wasser und käme möglicherweise nicht mehr heraus. Außerdem roch das Wasser nicht besonders gut. Im Wasser waren Enten. Die schwammen hin und her. Manchmal steckten sie den Kopf in das Wasser. Dann war nur das Hinterteil mit den Schwanzfedern nach oben zu sehen. Kleine Vögel kamen vorbeigeflogen. Die waren schwarz und weiß gefärbt. Sie flogen mal rauf, mal runter in der Luft. Das sah lustig aus. Aber am lustigsten war es, wenn sie auf den schrägen Mauern des Flusses gelandet waren und mit dem Schwanz herumwippten. Einer von diesen lustigen Vögeln landete neben dem Huhn. „Bist Du auch eine Ente?", fragte er. „Nein", sagte das Huhn. „Ich bin ein Huhn." „Das habe ich noch nie gehört", sagte der lustige Vogel und wippte mit seinem Schwanz. Du siehst mir aus wie eine Ente, die nicht schwimmen kann." „So ähnlich", antwortete das Huhn. Aber es hatte Hunger. „Was frisst man hier denn so?", fragte es. „Wir kleinen Vögel fangen Fliegen und Mücken. Die sind appetitlich. Aber die Enten stochern den ganzen Tag in der Brühe des Flusses herum. Das ist eklig." Der kleine Vogel schüttelte sich. „Aber sie werden satt", meinte das Huhn. Es merkte schon, dass es selbst an diesem Fluss nicht satt werden konnte.

Es ging weiter an dem Fluss entlang, wobei es darauf achtete, nicht hineinzufallen. Ein anderer Geruch kam ihm in die Nase. Es roch irgendwie verbrannt. Es folgte diesem Geruch. Er war nicht so wie im Herbst, wenn das Laub und die Zweige verbrannt wurden. Er war anders. Der Fluss machte eine Biegung. Der Geruch wurde stärker. Das Huhn kam zu einem großen Parkplatz. Es standen nur wenige Autos darauf. An der einen Seite des Parkplatzes war ein großes flaches Gebäude. An dessen Tür stand mit großen Leuchtbuchstaben „Supermarkt". Das Huhn war stolz darauf, dass es lesen konnte. Nicht alle Hühner können lesen. Auf der anderen Seite des Parkplatzes stand ein großer Wagen. Der war nach vorne aufgeklappt, so dass man über eine Theke hineinsehen konnte. In dem Wagen hinter der Theke war ein Mann. Auf dem Wagen stand mit großen Buchstaben etwas, was das Huhn nicht sofort lesen konnte. Es musste buchstabieren: www.pommeswurst.de.

Und aus diesem Wagen kam der Geruch. Das Huhn ging näher. Neben dem großen Wagen stand ein Auto. Und zwischen dem Auto und dem großen Wagen lag ein Hund. Der hatte einen Trichter um den Kopf. Das Huhn näherte sich dem großen Wagen so, dass der Mann es sehen konnte. Es achtete aber immer auf den Hund mit dem Trichter um den Kopf. „Hallo", sagte das Huhn. Der Mann blickte zum Huhn herunter. „Hallo", sagte er und lachte, „Hühner zählen sonst nicht zu meinen Kunden. Was darf es denn sein? Pommes oder Bratwurst oder Currywurst?" „Darf ich hochkommen?", fragte das Huhn vom Boden aus, immer mit einem Auge auf den Hund schielend. „Eigentlich nicht", sagte der Mann, „aber es sind jetzt keine Kunden mehr da. Ich wollte eigentlich gleich zumachen. Komm auf die Theke hoch. Aber mach mir bloß nichts dreckig." „Hühner sind reinliche Tiere", sagte das Huhn und nahm Anlauf, um auf die Theke zu fliegen.

Es landete sicher. Es war stolz. Es konnte besser fliegen als vorher. Der Mann legte eine Papierserviette auf die Theke unter das Huhn. „Ist sicherer", meinte er. „Was machst Du hier?", fragte das Huhn. „Ich mache Pommes und Wurst. Die brate ich und verkaufe sie an Menschen, die Hunger haben. Davon lebe ich." „Was ist Pommes?", fragte das Huhn. „Das sind Kartoffelstäbchen, die in heißem Öl gebraten werden. Dann werden sie gelb und heiß. Dazu isst man Ketchup oder Majo. Merk Dir einfach Gelb mit Weiß oder Rot. Und dazu gibt es entweder Bratwurst oder Currywurst." „Was ist mit dem Hund?", fragte das Huhn. Es hatte zwar entsetzlichen Hunger, aber es wollte auch auf seine Sicherheit achten. „Der Hund hat eine kranke Pfote, er war beim Tierarzt. Der hat die Pfote operiert, und damit der Hund nicht immer mit seiner Schnauze an die Pfote geht, hat er einen Trichter um den Kopf."

Das Huhn fühlte sich jetzt sicher. Aber es ist immer besser, wachsam zu sein. „Jetzt habe ich Deine Fragen beantwortet"; sagte der Mann. „Ich will aber auch wissen, was Du hier machst." Das Huhn wollte ehrlich sein. Eigentlich hatte es nicht sagen wollen, dass es auf einer Weltreise war, aber der Mann war so freundlich gewesen. „Ich komme aus einem Hühnergarten", sagte es, „da bin ich geflüchtet, weil man aus mir Hühnerfrikassee machen wollte. Im Augenblick will ich nur noch etwas essen und mir dann einen Schlafplatz suchen." „Ich glaube", sagte der Mann, „ich gebe Dir am besten etwas zu essen. Das, was Dich bedrückt, ist ja furchtbar. Aber Du siehst, der Hund ist krank. Und meine Frau ist auch krank. Die liegt zu Hause und ich habe heute die Arbeit für zwei gemacht. Ich bin einfach nur müde. Ich werde mir noch einen Kaffee machen und Dir beim Essen zusehen. Dann fahre ich nach Hause. Morgen geht es weiter."

Er kramte auf dem Boden herum. „Weiß oder Rot?", fragte er. „Gelb reicht mir", sagte das Huhn. Der Mann legte eine Pappschale vor das Huhn. Darauf lagen einige Kartoffelstäbchen und einige kleine rosa Scheiben aus Fleisch. Ein bisschen rot war er im Gesicht. „War vom Boden", sagte das Huhn, „aber Du brauchst Dich nicht zu schämen, ich fresse normalerweise immer vom Boden." „Finde ich nett, dass Du das sagst." Er hantierte an einer Maschine. „Kaffee vor der Heimfahrt. Damit ich nicht vor einen Baum fahre." Er wies auf die Pappschale. „Kein Hühnerfrikassee. Ist allerfeinste Bratwurst, kannst Du unbesorgt essen."

Das tat das Huhn auch und der Mann sah ihm zu, während er seinen Kaffee trank. Als das Huhn alles aufgegessen hatte, sagte es: „Ich kann leider nicht bezahlen, aber ich biete an, ein Lied für Dich zu singen." „Was kommt denn in dem Lied vor?", fragte der Mann. „Das, was Du den ganzen Tag tust", sagte das Huhn. „Da bin ich aber gespannt." Der Mann nahm einen Schluck Kaffee. Das Huhn dachte an die Lieder des Regenwurms und seine eigenen Strophen und jetzt wollte es zu der Melodie des Regenwurms etwas für den Mann mit www.pommeswurst.de tun. Außerdem wollte es die Melodie des Regenwurms über die ganze Welt verbreiten. Fieberhaft überlegte es und dann fiel ihm der Text ein. „Ich singe Dir das Lied vor. Dann singe ich Dir das Lied noch einmal vor und am Ende singen wir zusammen." Das Huhn begann.

Der Ketchup zu den Pommes

Das ist ein gutes Mahl

Doch Currywurst zu Pommes

Ist besser noch einmal.

„Das ist gut." Der Mann lachte. „Sing es noch einmal vor, dann singen wir gemeinsam." Und das Huhn sang es noch einmal vor und dann sangen der Mann und das Huhn das Lied gemeinsam. Der Hund, der zwischen dem großen Wagen und dem Auto geschlafen hatte, war aufgewacht. Und als der Mann und das Huhn das Lied zum vierten Mal sangen, da jaulte der Hund mit und es war so schön, dass das Huhn seinen abenteuerlichen Tag fast vergessen hatte. „Das war schön", sagte der Mann. Er nahm das Huhn auf seine Hand. „Ich setze Dich jetzt da oben auf den Vorsprung hin. Da kommt die Abluft von meinem Grill heraus. Der läuft noch einige Zeit nach. Da oben ist es warm und sicher. Allein schaffst Du es nicht da hoch. Morgen früh kannst Du herunterflattern und weiterziehen. Und wenn Du in Not bist: www.pommeswurst.de ist immer für Dich da. Ich räume noch auf und schließe meinen Wagen." Das Huhn ließ sich ohne Einwände auf den Vorsprung setzen, aus dem die Abluft des Grills kam. Es dachte noch darüber nach, wie es wohl am nächsten Morgen riechen würde, aber es genoss die Wärme und, als der Mann seinen großen Wagen geschlossen hatte und mit seinem Hund weggefahren war, auch die Stille der Nacht. Dann war das Huhn eingeschlafen.

Hallo Kumpel

Als das Huhn ausgeschlafen hatte, plusterte es sich. Das tun Hühner immer, wenn sie frisch und munter sind. Es gähnte noch einmal, aber nur ganz heimlich, dann aber wollte es seine Reise fortsetzen. Wohin die Reise das Huhn führen sollte, das wusste es noch nicht so ganz genau, aber es war besser, zu reisen, als zu Frikassee verarbeitet zu werden. Es flatterte von dem Vorsprung, auf dem es übernachtet hatte, herunter. Dann tippelte es zu dem Wasser mit den schrägen Mauern. Da roch es zwar noch genauso schlecht wie am letzten Tag, aber das Huhn wollte die Enten nach einem Weg fragen.

Die Enten waren auch da und schwammen auf dem Wasser herum. „Hallo Kumpel", rief eine, „wo bist Du denn die Nacht geblieben? Wir haben Dich gestern gesehen. Dann warst Du auf einmal verschwunden." „Ich habe auf dem großen Wagen mit www.pommeswurst.de übernachtet. Da war es schön warm." „Alles klar", rief die Ente und lachte, „deswegen riechst Du auch so komisch. Du riechst wie eine Rapsölfabrik, die abgebrannt ist. Nimm ein Bad, dann riechst Du nachher besser." Das Huhn war etwas beleidigt. Es war nämlich sehr reinlich. Im Hühnergarten hatte es gerne ein Staubbad genommen. „Wenn ich in diesem Wasser bade, rieche ich nachher nicht besser, sondern nur anders. Außerdem, wenn ich die schrägen, glitschigen Steine herunterrutsche, dann lande ich im Wasser. Und aus dem komme ich nicht heraus."

Die Ente nahm es gelassen. „Ein bisschen stärker als das Wasser hier riechst Du schon. Du solltest wirklich ein Bad nehmen. Das Wasser hier ist wärmer als in den richtigen Flüssen. Es reinigt besser. Da vorn ist eine Stelle, die ist ganz flach. Da kommst Du gut runter und wieder hoch." Das Huhn ließ sich überzeugen. Es nahm ein Bad. Es war erstaunlich, wie warm das Wasser war. Natürlich musste es sich erst überwinden, ein Bad zu nehmen, denn das Wasser roch wirklich nicht gut. Aber es wollte sich auch nicht nachsagen lassen, dass es wie eine abgebrannte Rapsölfabrik roch. Es stieg aus dem Wasser und schüttelte sich das Wasser ab. „Vielen Dank", sagte es zu der Ente, die ihm beim Baden zugeschaut hatte. Dann fiel ihm ein, warum es zu den Enten zurückgegangen war. Es wollte nach dem Weg fragen. Nur die Frage „Wohin wird mich meine Hühnerreise wohl führen?", konnte die Ente mit Sicherheit nicht beantworten.

Das Huhn setzte sich ans Ufer und begann nachzudenken, wohin es denn eigentlich wollte. Das Nachdenken hatte ein wenig Zeit beansprucht, denn als die Ente fragte: „Ist was, Kumpel?", schreckte das Huhn zusammen, und weil die Ente ein gutes Herz zu haben schien, erzählte das Huhn der Ente seine Geschichte. Die Ente wiegte den Kopf hin und her. „In der Stadt hier bist Du nicht gut aufgehoben. Das ist für Hühner nichts. Ich kenne einen Hühnerhof, vielleicht könntest Du dort unterkommen. Ich will Dir aber nichts versprechen, ich habe ihn nur von oben gesehen." „Von oben", fragte das Huhn ungläubig. „Ja", sagte die Ente, „wenn Du uns Enten auf dem Wasser siehst, dann denkst Du, wir können nur schwimmen. Aber wir Enten können auch sehr gut fliegen. Ich zeige es Dir mal." Und die Ente schlug mit den Flügeln und wurde auf dem Wasser schneller. Dann hob sie sich aus dem Wasser und flog durch die Luft. Sie drehte eine Runde. Dann landete sie mit ausgestreckten Füßen auf dem Wasser. „Platsch" machte es. Das Huhn bekam einige Wassertropfen ab. „Ich glaube Dir", sagte das Huhn, „dass Du gut fliegen kannst. Ich denke, ich sollte es mit dem Hühnerhof, von dem Du gesprochen hast, einmal versuchen. Wo genau ist der denn?"

„Immer diesem Gewässer entlang." Die Ente zeigte mit dem Schnabel in eine Richtung. „Dann mündet es in einen ganz breiten Fluss. Auf dem fahren ganz viele Schiffe. Da kannst Du als Huhn nicht herüberfliegen. Das schaffst Du nicht." Das Huhn guckte traurig. Aber die Ente war noch nicht fertig. „Von der Mündung dieses Gewässers aus siehst Du nach links eine Brücke. Die besteht aus vielen Pfeilern, die durch den Fluss gehen. Oben sind Schienen, da fährt manchmal eine Eisenbahn. Vor der musst Du Dich in Acht nehmen, die könnte Dich überrollen. Sollte sie kommen, dann springst Du am besten auf einen der Pfeiler, von denen ich erzählt habe. Auf der anderen Seite des Flusses ist ein großer Deich. Dahinter ist Grünland. Wenn Du dem Deich nach rechts folgst, kommt irgendwann der Hühnerhof." „Wie weit ist das denn insgesamt?", fragte das Huhn. „Keine Ahnung", antwortete die Ente, „aber für Dich werde ich mal kurz nachsehen. Ich komme zurück."

Die Ente startete und erhob sich in die Luft. Das Huhn wartete. Es war sich nicht ganz sicher, ob die Ente auch wirklich zurückkäme. Andererseits hatte die Ente einen ehrlichen Eindruck gemacht. Das Huhn wartete weiter. Einer von den lustigen kleinen schwarz und weiß gefärbten Vögeln landete neben dem Huhn. Er wippte mit dem Schwanz herum. „Du bist keine Ente", sprach er, „gestern hast Du mir gesagt, wie Du heißt, aber ich habe es vergessen." „Ich bin ein Huhn", sagte das Huhn. „Stimmt", sagte der kleine Vogel, „Huhn, Huhn. Ob ich mir das merken kann?" „Dann frag doch eine der Enten, die können sich das merken." „Das ist ein guter Rat." Der kleine Vogel schwirrte davon. Dann kam er zurück. „Huhn?", fragte er. „Stimmt", sagte das Huhn. „Bin ich gut?", fragte der kleine Vogel. „Sehr gut", sagte das Huhn. Da lachte der kleine Vogel und schwirrte davon. Dann kam er wieder zurück und wippte mit dem Schwanz herum. „Huhn?", fragte er, „stimmt es?" „Ja,

Huhn", sagte das Huhn. Es fragte sich, wie oft der kleine Vogel noch zurückkommen würde, um das Huhn nach seinem Namen zu fragen. Aber da machte es „Platsch" im Wasser. Die Ente war zurück. „Für mich waren es wenige Minuten. Für Dich", sie zuckte mit den Schultern, „eine Tagesreise vielleicht. Ich will Dir ja nicht zu nahe treten, aber sehr weit reisen, das können Hühner nicht. Dafür sind Hühner zu langsam. Sie können nicht schwimmen. Und richtig fliegen können sie auch nicht. Und schnell laufen können sie auch nicht. Also lass Dir Zeit."

Das Huhn wurde wieder ein bisschen traurig. Die Ente hatte recht. Das Huhn nahm sich aber zusammen. „Aber dichten und

Lieder singen, das können manche Hühner", sagte es. „Na, dann lass mal hören, Kumpel", sagte die Ente. „Ich werde Dir das Lied erst einmal vorsingen", sagte das Huhn, „und dann noch einmal. Und dann singen wir gemeinsam." Es fügte hinzu: „Und merk Dir das Lied gut, ich weiß nicht, ob ich hier noch einmal vorbeikomme". Das Huhn begann:

Die Ente, die ist heiter

Sie ist ein nettes Tier

Und weißt Du nicht mehr weiter

Frag sie, ich rat es Dir.

Dann sang das Huhn das Lied noch einmal, und dann sangen die Ente und das Huhn das Lied gemeinsam. „Klingt gut." Der kleine schwarze und weiße Vogel landete neben dem Huhn. „Darf ich mitsingen?" Dann sangen sie das Lied zu dritt. Die Ente meinte: „Ich habe noch nie erlebt, dass ich in einem Lied die Hauptperson gewesen bin. Vielen Dank." Sie rieb sich ein wenig ihre Augen. „Es ist doch nichts, Kumpel?", fragte das Huhn. Es wollte in der Sprache der Ente reden. „Nein, alles klar", antwortete die Ente, „ich habe nur Wasser ins Auge bekommen." „Dann will ich mal gehen", sagte das Huhn, „mach es gut, Ente, und vielen Dank. Ich freue mich auf den Hühnerhof." „Auch vielen Dank", rief die Ente dem Huhn, das lostippelte, nach, „Du bist ein guter Kumpel."

Das Huhn war schon bis an die erste Biegung des Gewässers mit den Steinmauern gekommen, als es hinter sich die Melodie seines Liedes hörte. Sie klang ganz hell und kam näher. Der kleine schwarze und weiße Vogel setzte sich neben das Huhn und wippte mit seinem Schwanz herum. Das Huhn hielt an.

„Huhn?", fragte der kleine Vogel. „Stimmt", sagte das Huhn. „Ich bin so froh, dass ich es behalten habe", sagte der kleine schwarz-weiße Vogel. „Lied?", fragte er. „Gerne." Das Huhn war neugierig, was der kleine Vogel von dem Lied wohl behalten hatte. Es ging wieder los und der kleine schwarz-weiße Vogel flog über dem Huhn hin und her und sang das Lied, das das Huhn für die Ente gesungen hatte.

Im Hasenfeld

Das Huhn tippelte weiter. Zunächst wurde es von dem Gesang des kleinen schwarz-weißen Vogels begleitet. Dann kam dieser kleine Vogel noch einmal angeflogen. „Ich will jetzt zurück, sonst finde ich den Weg nicht mehr. Mach's gut und tschüss, Huhn." „Du hast schön gesungen", sagte das Huhn, „und meinen Namen hast Du Dir gut gemerkt. Mach's gut, kleiner Vogel und tschüss." Dann war der kleine Vogel weg. Das Huhn setzte seinen Weg fort. Das Gewässer machte eine Biegung nach rechts und dann nach links. Dann ging es eine Weile geradeaus, dann kam eine Straße. Das Huhn beobachtete genau, bis für eine kurze Zeit keine Autos kamen. Und dann schlug es mit den Flügeln und bewegte seine Beine ganz schnell, um die Straße zu überqueren. Es merkte, dass seine Flügel kräftiger geworden waren vom vielen Flattern, aber es merkte auch, dass die Flügel an vielen Stellen, die es bisher noch nicht wahrgenommen hatte, schmerzten. Auch die Füße des Huhns schmerzten so langsam, denn das Huhn war es nicht gewöhnt, so weit zu tippeln.

Das Gewässer wurde breiter und tiefer und die schrägen Mauern wurden höher. Aus Röhren, die aus den Mauern kamen, floss neues Wasser hinzu. Eine Brücke, die das Gewässer überquerte, versperrte dem Huhn den Weg. Die Brücke hatte ein Geländer. Das Huhn bemerkte, dass die Brücke ein Teil eines Dammes war, durch den das Gewässer hindurch floss. Es flatterte auf das Geländer. Da war keine Straße, sondern nur ein Weg mit kleinen Steinen. Zwei Radfahrer kamen vorbei. „Guck mal, ein Huhn", rief der eine, „was macht das denn hier?" „Keine Ahnung", meinte der andere. Als die beiden auf Höhe des Huhns waren, sagte er „putt-putt." „Putt-putt", sagte das Huhn. Es wollte höflich sein. Das Huhn hörte die Radfahrer lachen. Es flatterte auf das gegenüberliegende Geländer des Weges. Da blieb es einen Moment sitzen, um sich einen

Überblick zu verschaffen. Der Damm mit der Brücke, auf der das Huhn saß, fiel ab zu einer grünen Wiese. Hinter der Wiese kam ein breiter Fluss. Auf dem Fluss waren Schiffe zu sehen. Die in der einen Richtung waren viel schneller als die in der anderen Richtung. Das Huhn guckte eine Weile zu. Einmal überholte ein Schiff ein anderes. Das dauerte sehr lange. Das Huhn schüttelte den Kopf. „Warum überholt das eine Schiff das andere, wenn so viele Schiffe entgegenkommen?", dachte es bei sich. Aber es ging gut. Das Überholschiff fuhr zur Seite, nachdem es überholt hatte, und konnte auf diese Weise einem entgegenkommenden Schiff ausweichen. Es passierte nichts.

Das Huhn blickte nach rechts und nach links. Es suchte die große Brücke, von der die Ente gesprochen hatte. Die Brücke, auf deren Geländer es saß, konnte es nicht sein, denn diese Brücke ging nicht über den großen Fluss. Und wirklich, auf der linken Seite war eine große Brücke zu sehen. Der Weg der Radfahrer und die grüne Wiese führten dorthin. Das Huhn wollte seine Füße schonen und lieber über die Wiese gehen. Es flatterte vom Geländer herunter, dann vom Damm auf die grüne Wiese und machte sich auf den Weg zu der großen Brücke. Es war angenehm, über die Wiese zu gehen. Nur ab und zu war das Gras zu hoch. Dann flatterte das Huhn ein wenig, aber nicht zu viel, denn es wollte seine Flügel schonen. Einige kleine Vögel kamen vorbei. Sie setzten sich auf den Boden und wippten mit dem Schwanz herum. Sie waren nicht schwarz und weiß gefärbt. Sie waren vorne gelb. Das Huhn wollte mit ihnen sprechen. „Hallo", sagte es, „wer seid Ihr denn? Ich bin das Huhn." Aber diese Vögel konnten oder wollten nicht sprechen. Sie machten „psit" und flogen davon.

Nach einiger Zeit war das Huhn an der großen Brücke. Die ging hoch über den Fluss, damit die Schiffe unten durchfahren konnten, und bestand aus großen Pfeilern aus Stein. An jedem Pfeiler war ein großes weißes Schild. Mit schwarzen Buchstaben stand darauf „Vorsicht, Brücke!" Das Huhn schüttelte den Kopf. „Selbst ein Huhn kann erkennen, dass das eine Brücke ist", sagte es zu sich. Das Huhn war stolz darauf, schon jetzt an dem großen Fluss zu sein. Die Sonne schien von oben. „Einen halben Tag habe ich noch Zeit bis zu dem Hühnerhof", dachte es. Es flatterte auf die Brücke. In der Mitte der Brücke waren Schienen. Neben den Schienen waren Eisenplatten. An jeder Seite kam ein kleines Geländer. Das Huhn guckte in jede Richtung, ob eine Eisenbahn kam. Das war aber nicht der Fall. Das Huhn beschloss, die Brücke zu überqueren. Es ging los.

Dann war die Sonne weg. Wolken hatten sich vor die Sonne geschoben. Es wurde windig. Regentropfen machten die Eisenplatten neben den Schienen glitschig. Das Huhn hatte Mühe, sich auf der Brücke zu halten. Es tippelte, so schnell es konnte, und war schon auf der Mitte der Brücke angelangt, als es hinter sich ein Rumpeln und Quietschen hörte, welches lauter wurde. Es drehte sich um. Eine Eisenbahn kam näher. Das Huhn kämpfte mit dem Wind und den glitschigen Eisenplatten. Es spähte nach unten, wo denn die Pfeiler wären, von denen die Ente erzählt hatte und die es ja selbst gesehen hatte. Es wollte sich auf einen dieser Pfeiler retten. Aber da, wo das Huhn war, war kein Pfeiler. Ein Pfeiler war weiter vorn und einer ein Stück weiter hinten, aber weder zu dem einen Pfeiler noch zu dem anderen konnte das Huhn hinlaufen. Die Eisenbahn kam quietschend näher. Die Räder waren schon groß, viel größer als das Huhn, aber über den Rädern kam noch die Lokomotive, viel größer als das Haus aus dem Hühnergarten.

Das Huhn hatte keine Wahl. Es flatterte von der Brücke herunter, um den Pfeiler, der vor ihm lag, zu erreichen. Es flatterte mit aller Kraft, auch wenn die Flügel schmerzten. Der Wind kam von der Seite und trieb das Huhn ab. Aber es nahm alle seine Kräfte zusammen und flatterte um sein Leben. Dann landete es auf dem Brückenpfeiler. Das Huhn zitterte und suchte sich erst einmal einen Platz unter den Eisenplatten, um sich auszuruhen. In diesem Zustand konnte es seinen Weg über die Brücke nicht fortsetzen. Auch wenn jetzt die Regentropfen durch die Eisenplatten abgehalten wurden und die Eisenbahn weg war, der Wind blies über die nassen Hühnerfedern. Das Huhn fror. Und es bekam Hunger. Es saß da und beklagte sein

Schicksal, das es aus dem Hühnergarten vertrieben hatte. Aber dann hörte der Wind auf. Das Huhn kam unter den Eisenplatten hervor und flatterte nach oben. Die Sonne war wieder da und der Himmel war blau. Die Eisenplatten neben den Schienen fingen an abzutrocknen. So schnell, wie es konnte, lief es über die Brücke, ja, es rannte richtig und erreichte das Ende der Eisenbahnbrücke ohne weitere Störungen.

Die Eisenbahnbrücke endete an einem großen Damm. Hier verließ das Huhn die Schienen und flatterte auf den Damm. Auf jeder Seite des Dammes war eine grüne Wiese. Das Huhn war stolz darauf, diesen so gefährlichen Teil seiner Reise gut überstanden zu haben. Aber der Hühnermagen meldete sich immer stärker. Das Huhn war sehr hungrig. Auf der Wiese saßen Hasen. Die hatten große lange Ohren. Die hatten sie nach oben geklappt. Das Huhn ging zu den Hasen. „Hallo, Ihr Hasen", sagte es, „ich will mich erst einmal vorstellen. Ich bin das Huhn. Ich suche etwas zum Essen. Und dann suche ich den Hühnerhof." „Das sind viele Fragen auf einmal", sagte ein kleiner Hase, „zuerst will ich Dich einmal begrüßen." Der Hase hoppelte auf das Huhn zu. Und dann warf er seine Hinterbeine ganz plötzlich in die Luft. Eine Pfote wischte am Kopf des Huhns vorbei. Es zog den Kopf ein. Der Hase lachte. Das Huhn war ärgerlich. „Höflich finde ich das nicht." Der Hase lachte weiter. „Das war Spaß, wenn es Ernst gewesen wäre, hättest Du eine Beule am Kopf. Übrigens, ich bin Felix, der Junghase." „Schön", sagte das Huhn. Es war noch immer ärgerlich. Es wollte weiter sprechen. „Felix", rief da die Hasenmutter und kam hinzugehoppelt, „sei nicht so unhöflich! Felix meint es nicht so." Die Hasenmutter wandte sich an das Huhn. Sie seufzte. „Kinder in dem Alter sind sehr anstrengend." Das Huhn nickte. „Das kann ich gut verstehen." Die Hasenmutter sah an dem Huhn herunter. „Du kommst nicht von dem Hühnerhof.

Die Hühner dort sind alle weiß. Ich kenne die Hühner vom Hühnerhof, denn manchmal verirrt sich ein Huhn von dort hierher."

„Nein", sagte das Huhn, „ich komme nicht vom Hühnerhof. Ich bin ein Huhn auf Reisen. Außerdem kann ich singen. Ich werde Dir meine Geschichte gern später erzählen. Aber ich bin sehr hungrig. Ich würde gerne etwas essen. Gibt es hier irgendwo ein paar Körnchen zum Fressen?" „Da vorne ist ein Feld", sagte die Hasenmutter, „da hat der Bauer gerade gesät. Ich bringe Dich hin. Felix, Peter, Susanne!", rief sie, „kommt mit." Und zum Huhn sagte die Hasenmutter: „Aber nach dem Picken erzählst Du Deine Geschichte und singst etwas für uns!" Auf dem Feld lagen viele Körner. Das Huhn pickte und zwischendurch erzählte es den Anfang seiner Geschichte, die schon viel länger war als am Vortag. Und die Hasen saßen neben dem Huhn und hörten zu. Außer dem Junghasen Felix. Der konnte nicht so lange stillsitzen. Dann hoppelte er eine Runde herum und warf seine Hinterpfoten in die Luft. „Felix, pass bitte auf. Du könntest einen von uns treffen." Die Hasenmutter war besorgt. Das Huhn hatte eine Idee. „Felix, Du Junghase", sagte es, „wie schnell kannst Du um das Feld laufen? Ich mache Dir einen Vorschlag. Du rennst los und ich zähle. Hühner können gut zählen." „Au, ja", rief Felix, „bis gleich." Und dann rannte er los. Das Huhn begann zu zählen. Aber dann hörte es auf, denn es kam mit den Zahlen durcheinander, weil die Hasenmutter jetzt von sich und ihren Junghasen erzählte. „Wir wohnen hier im Hasenfeld", sprach sie. „Das ist ein guter Name für diese Gegend", sagte das Huhn, denn es wollte höflich sein, „aber Hasenwiese wäre auch gegangen." „Stimmt", sagte die Hasenmutter, „aber früher gab es weniger Wiese und mehr Felder. Der Deich ist neu. Er ist höher als früher und weiter vom Fluss entfernt. Deswegen ist hier mehr Wiese. Für uns Hasen ist es gut." Sie zeigte herum. „Der Tisch ist gedeckt. Überall frisches Gras und Löwenzahn und Kräuter."

Der Junghase Felix kam zurück. Er war außer Atem und keuchte ziemlich. „War ich gut?", fragte er. „Du warst sehr gut", sagte das Huhn, „Du bist so schnell gelaufen, dass ich gar nicht mehr zählen konnte." Das stimmte natürlich nicht, aber das Huhn wollte etwas Freundliches sagen. Es war froh, dass Felix so außer Atem war und seine Hinterpfoten nicht mehr in die Luft warf, denn diese waren dem Kopf des Huhns manchmal gefährlich nahe gekommen. „Wo ist denn der Hühnerhof?", fragte das Huhn. Die Hasenmutter zeigte in eine Richtung. „Wie weit ist es bis dorthin?" Das Huhn wollte wissen, wie weit seine Reise noch wäre. „Für Hühner ist es weiter als für Hasen", sagte die Hasenmutter, „das schaffst Du heute nicht mehr. Außerdem musst Du aufpassen. Da vorne in dem Wäldchen wohnen Habicht und Sperber. Die fangen gerne Hühner. Ich weiß das." Sie beugte sich vor und sprach leiser. Sie wollte nicht, dass die Junghasen zuhörten. „Manchmal verirrt sich ein Huhn vom Hühnerhof hierhin ins Hasenfeld. Aber nicht jedes Huhn kommt zurück." „Ist es dort am Wäldchen wirklich so gefährlich?" Das Huhn war besorgt. So hatte es sich seine Reise nicht vorgestellt. „Na ja." Die Hasenmutter wiegte ihren Kopf hin und her. „So gefährlich ist es für Dich eigentlich nicht. Du bist ja nicht weiß wie die anderen Hühner vom Hühnerhof. Du fällst weniger auf. Und wenn Du Dich immer direkt am Zaun hältst, dann hast Du auch einen guten Schutz. Am besten übernachtest Du heute Abend unter den Büschen dort. Dann bist Du morgen früh gut ausgeschlafen und kannst auf dem Weg am Wäldchen vorbei immer ein Auge nach oben werfen!"

Das Huhn war nicht erfreut über diese Nachricht. Aber die Hasenmutter hatte recht. Das Huhn wollte sich erst einmal ausschlafen und sich dann frisch und ausgeruht auf den Weg machen. Es wollte sich gerade verabschieden, da erinnerte die Hasenmutter das Huhn: „Du wolltest uns Deine Geschichte zu Ende erzählen. Außerdem wolltest Du ein Lied singen." „Entschuldigung", sagte das Huhn. „Ich hatte heute einen anstrengenden Tag und gestern auch und vorgestern auch. Ich bin wahrscheinlich müder als ich dachte. Aber ich will Euch gerne meine Geschichte zu Ende erzählen." Dann erzählte das Huhn seine Geschichte zu Ende und die Hasen hörten aufmerksam zu. Ab und zu seufzte die Hasenmutter: „Wie schrecklich", oder sie sagte: „Es ist doch schön, wenn es noch Freunde gibt." Auf jeden Fall war sie sehr ergriffen. Auch die Hasenkinder hörten zu. Dann war das Huhn fertig. Es wollte jetzt aber nicht schon wieder etwas vergessen. „Ich singe Euch jetzt das Lied vor, das ich vom Regenwurm gelernt habe. Ich singe Euch das Lied einmal vor und beim zweiten Mal singt Ihr mit." Die Hasenmutter stotterte ein wenig. „Wenn es ginge, könntest Du, wie Du das für die anderen getan hast, auch eine Strophe für uns erfinden?" „Das könnte schwierig werden", sagte das Huhn, „weil – ich kann, wenn ich müde bin, nicht so gut erfinden." Die Hasenmutter guckte ein wenig traurig. Das Huhn wollte die Hasenmutter nicht enttäuschen. Es machte eine Pause, um Zeit zu gewinnen. Dann fuhr es fort: „Mir wird schon etwas einfallen. Aber erst singen wir das Lied vom Regenwurm."

Das Huhn, das aus dem Garten

Das sang so gern ein Lied

Es klingt so schön im Garten

Des Gartenhühnchens Lied.

„Klingt gut." Der Junghase Felix lag immer noch erschöpft am Boden. Aber den Kopf, den er bisher nur zum Zuhören gebraucht hatte, hatte er schon ein wenig aufgerichtet, damit er beim zweiten Mal mitsingen konnte. Sie saßen im hohen Gras und nur die Hasenohren guckten heraus und ein bisschen auch der Kopf des Huhns.

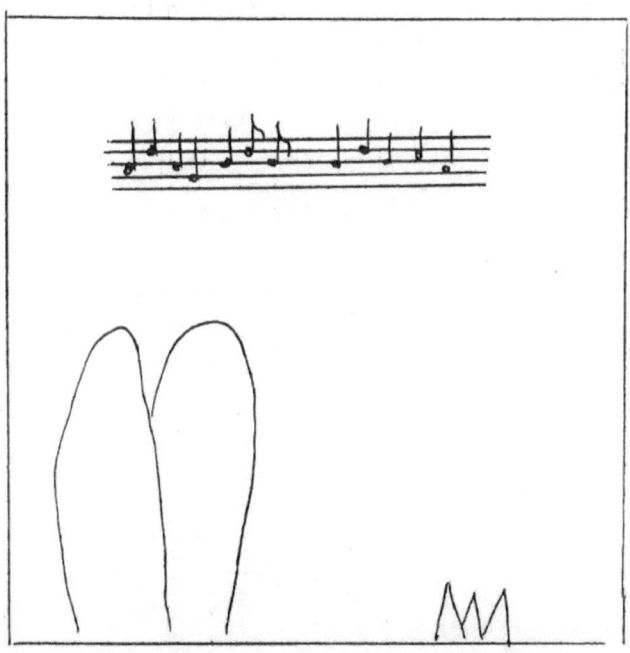

Dann sangen sie das Lied vom Gartenhühnchen gemeinsam. Und als das Huhn sah, wie gut der Hasenmutter und den drei Junghasen das Lied gefiel, da fiel ihm auch noch eine Strophe für die Hasen ein. So ganz begeistert war Felix am Anfang nicht, aber dann sang er doch mit und lachte dabei. Die Strophe klingt so:

Die Hasen auf dem Felde

Die springen hin und her

Ich sehe es und melde

Der Felix kann nicht mehr.

Dann verabschiedete sich das Huhn von den Hasen. Alle wünschten dem Huhn viel Glück auf seiner Reise. Dann ging das Huhn in die Richtung der Büsche und der Junghase Felix begleitete das Huhn und sang die Melodie auf seine Weise. Nach jeder Zeile warf er seine Hinterpfoten in die Luft, denn er war jetzt ausgeruht, aber das Huhn traf er glücklicherweise nicht.

TATAA TATAA TATATAA   *Hopp*

TATAA TATAA TATAA   *Hopp*

TATAA TATAA TATATAA   *Hopp*

TATAA TATAA TATAA   *Hopp.*

Die Mausassel

Das Huhn hatte keine schöne Nacht. Es hatte Bauchschmerzen bekommen und die hielten bis zum frühen Morgen an. Aber wie das bei Bauchschmerzen so ist, irgendwann werden die mal besser und so war es auch beim Huhn. Das Huhn dachte an die Körner, die es am Tag zuvor aufgepickt hatte. Es waren gelbe Körner dabei gewesen, aber auch Körner mit Orangefarbe. „Wer weiß, was da so alles drin war", dachte es. Aber das Huhn hatte ja noch einiges vor sich. Es wollte zum Hühnerhof und musste vorher an dem Wäldchen mit Habicht und Sperber vorbei. Da durfte es nicht ständig über Bauchschmerzen oder Körner nachdenken. Erst einmal wollte es etwas picken und dann losgehen. Es krabbelte aus dem Busch, unter dem es übernachtet hatte, heraus und ging zu einem Weg, der neben dem Zaun entlangging. Der Weg bestand aus Steinen. Zwischen den Steinen waren Fugen, die waren mal längs und mal quer angeordnet. Das Huhn guckte nach rechts und links. Niemand kam. Da tippelte es los auf dem Weg mit den Steinen. Es hatte sich die Richtung genau gemerkt, so, wie die Hasenmutter es gezeigt hatte. Den Fluss konnte das Huhn nicht sehen. Der Deich war zwischen dem Huhn und dem Fluss. Das Huhn dachte nach. Ja, so ein hoher Damm hieß Deich. Das hatte die Hasenmutter gesagt. Das Huhn tippelte und tippelte. Es hatte, als es zu dem Weg gekommen war, vergessen, dass es hungrig war. Aber jetzt hätte es gern gefrühstückt. Auch einen Regenwurm hätte es zur Not verspeist, aber nur einen solchen, der nicht sprechen konnte. Orangefarbene Getreidekörnchen wollte es in Zukunft nicht mehr aufpicken.

Das Huhn blickte aufmerksam nach rechts und links. Das Wäldchen mit Habicht und Sperber kam zwar näher, war aber noch ausreichend weit entfernt. Da kam ein komisches Tier über den Weg mit den Steinen gekrabbelt. Es war auf dem Weg in Richtung Deich. Es war viel länger und dicker als eine normale Assel, aber kürzer als ein Regenwurm. Das Huhn hatte Hunger. Es ging auf das komische Tier zu und betrachtete es von allen Seiten. Beide standen in der Mitte des Weges. „Was bist Du denn für ein komisches Tier?", fragte das Huhn. „Bevor ich Dir sage, was für ein Tier ich bin, solltest Du darüber nachdenken, dass ich giftig bin", sagte das komische Tier. „Du siehst mich so an, als ob Du mich fressen wolltest. Ich sage Dir nur eines: Nachdem Du mich gefressen hast, wirst Du Bauchschmerzen bekommen, und die werden immer schlimmer werden. Und wenn Du meinst, Du kannst die Bauchschmerzen nicht mehr aushalten, dann fangen Deine Beine an zu wackeln und Du siehst alles verkehrt herum. Und dann fällst Du um." „Und was ist dann?", fragte das Huhn. „Nichts", sagte das komische Tier, „das war es dann."

Das Huhn wollte sich nicht einschüchtern lassen. „Wer sagt mir denn, dass Du nicht lügst?", fragte es. „Das wirst Du wohl am besten selbst herausfinden", sagte das komische Tier, „aber aktuell haben wir ein kleines Problem. Komm schnell mit auf die Wiese." Ein Radfahrer kam angesaust. Das Huhn bekam einen Stoß und drehte sich einige Male. Dann fiel es hin. Es prüfte, ob alles in Ordnung war. Es plusterte sich und streckte die Flügel aus. Die waren zwar noch etwas müde, aber auch in Ordnung. Das komische Tier erhob sich ächzend vom Boden. Es streckte sich. Es knackte. „Alles okay", sagte es. „Lass uns auf die Wiese Richtung Deich gehen, da können wir uns besser unterhalten." Als sie auf der Wiese waren, fragte das Huhn erneut: „Was bist Du für ein komisches Tier?" „Ich bin eine Mausassel", sagte das komische Tier. „Mausassel, das habe ich noch nie gehört", sagte das Huhn. „Stimmt", sagte die Mausassel, „denn ich bin ein Endemit." „Ein Endemit", sagte das Huhn, „das ist doch solch ein Mensch, der auf einem Baum oder in einer Höhle sitzt und über den Sinn des Lebens nachdenkt." „Nicht ganz", sagte die Mausassel, „Du meinst Eremit. Ein Endemit hat sozusagen nur einen Baum oder eine einzige Höhle: Es gibt ihn nur auf einer Stelle der Erde." „Dann bist Du also einzigartig?", fragte das Huhn. „Ja", sagte die Mausassel und sah ein wenig stolz aus, „aber nicht ganz, meine Familie gibt es auch noch. Aber sonst gibt es Mausasseln nirgendwo. Außerdem", die Mausassel streckte sich noch ein wenig, wobei es noch ein wenig knackte, „bin ich Füsiker." „Was ist denn ein Füsiker?", fragte das Huhn. „Ein Füsiker beschäftigt sich mit der Füsik. Ich will Dir ein Beispiel geben. Als der Radfahrer Dir einen Stoß gegeben hat, hast Du Dich einige Male um die eigene Achse gedreht. Das nennt man Querbeschleunigung. Und ich habe leider den Fehler gemacht, mich in eine Längsrille zwischen den Steinen und nicht in eine Querrille zu legen. So ist das Fahrrad über mich hinweggerollt.

Das nennt man Gravitation." Die Mausassel streckte sich noch einmal. Diesmal knackte es nicht mehr.

„Du hättest mich vor dem Fahrradfahrer warnen können", sagte das Huhn. „Dafür war keine Zeit", sagte die Mausassel, „und wenn Du als Huhn mit Deiner bescheuerten Gier nach Fressen mich nicht abgelenkt hättest, dann wäre ich in einer Querrille untergetaucht. Dann wäre mir nichts passiert. Wir Mausasseln sind genügsam. Wir fressen nur Kleinigkeiten vom Boden. Das reicht uns." „Ist gut, ist gut", beruhigte das Huhn. Es hatte noch nie mit einer Mausassel gesprochen und sah auch, dass sich diese Gelegenheit vielleicht nie mehr ergeben könnte. Es wollte die Mausassel freundlich stimmen. „Was macht eine Mausassel, die Füsiker ist, denn so den ganzen Tag?", fragte es. „Ich denke über Füsik nach", sagte die Mausassel. „Eines Tages werde ich vielleicht etwas erfinden, was die Welt verändert." „Das finde ich gut", sagte das Huhn. „Ich würde mich wirklich freuen, wenn Dir das gelänge."

Es hielt sich ein wenig den Bauch, weil es wieder Bauchschmerzen bekommen hatte, aber nur kurz. „Du hast Bauchschmerzen?", fragte die Mausassel. „Ja", sagte das Huhn wahrheitsgemäß, „aber nur kurz. Heute Nacht hatte ich stärkere Bauchschmerzen. Ich glaube, das kam von den Körnern, die ich gestern gepickt habe. Einige waren orangefarben." „Ach, diese Körner", rief die Mausassel. „Die solltest Du vermeiden. Die sind für Dich giftig. Aber", fügte sie hinzu, „nicht so giftig wie Mausasseln. Du hast von den Körnern nur einen kleinen Vorgeschmack bekommen, wie es Dir ergangen wäre, wenn Du mich gefressen hättest." „Na, ich weiß nicht", sagte das Huhn, „mir hat das heute Nacht gereicht." „Soll ich Dir das mit den Körnern erklären?", fragte die Mausassel. „Gern", sagte das Huhn. Es war froh, das Thema zu wechseln, denn es war ihm doch etwas peinlich, dass es überlegt hatte, die Mausassel zu fressen.

Die Mausassel erklärte: „Die Körner werden vergiftet und dann werden sie orangefarben gemacht. Es gibt Tiere, die sind noch viel kleiner als wir. Die ernähren sich von den Körnern. Aber wenn diese Tiere an die Körner gegangen sind, dann können die Körner nicht keimen und es können keine neuen Pflanzen entstehen, aus denen wieder viele Körner entstehen. Mit dem Gift sind die Körner sicher. Für die Menschen ist das gut, für viele Tiere nicht." „Ich bin im Augenblick auf viele Menschen sauer", sagte das Huhn. Es erzählte, dass man im Hühnergarten Frikassee aus ihm machen wollte und dass ein Auto es fast überfahren hätte. Aber dann erzählte es der Mausassel auch, wie es der Mann von www.pommeswurst.de verpflegt und ihm eine angenehm warme Übernachtung verschafft hatte. „Siehst Du", sagte die Mausassel, „es gibt auch schöne Dinge im Leben." Versonnen fügte sie hinzu: „E gleich em ce quadrat." „Was war das denn?", fragte das Huhn. „Das ist unser Füsikergruß. Es ist mir gerade so herausgerutscht. Wenn sich zwei Füsiker treffen, dann grüßen sie sich auf diese Weise. Und wenn sie etwas Wichtiges gesagt haben, dann beenden sie den Satz damit." „Was heißt das, dieses ‚E gleich em ce quadrat'?", fragte das Huhn. „Das ist etwas ganz Wichtiges", sagte die Mausassel, „es hat auch mit Geschwindigkeit zu tun, aber um Dir das genau zu erklären, würde es Jahre brauchen." „Das würde mir zu lange dauern", sagte das Huhn, „ich will heute noch zum Hühnerhof. Weißt Du, ich bin mehr praktisch veranlagt. Und ich kann singen. Es gibt ein schönes Lied. Willst Du es hören?" „Ja", sagte die Mausassel. Und das Huhn sang der Mausassel das Lied von dem Gartenhuhn vor und die Mausassel sang nach dem zweiten und dritten Hören mit, aber erst nach der zehnten Strophe konnte die Mausassel die ganze Melodie und den Text so mitsingen, dass es so klang, wie es klingen sollte. „Ich bin leider nicht sehr musikalisch", seufzte die Mausassel. „Das hast Du sehr gut gemacht", sagte das Huhn. „Du musst Dir überlegen, Du bist ein Endemit und ein Füsiker. Da kannst Du nicht auch noch Dichter und Musiker sein. Ein Lied für einen Endemiten, das fällt mir leider nicht ein, aber den Füsikergruß, den können wir nach dieser Melodie singen. Du musst nur in der ersten und dritten Zeile statt quadrat quadra-hat singen, also eine Silbe mehr. Ich singe Dir mal vor:

E gleich em ce quadra-hat

E gleich em ce quadrat

E gleich em ce quadra-hat

E gleich em ce quadrat.

Und dann sangen die Mausassel und das Huhn den Füsikergruß und die Mausassel lachte, bis dem Huhn einfiel, dass es ja noch bis zum Hühnerhof kommen wollte.

Es verabschiedete sich von der Mausassel. Die Mausassel druckste ein bisschen herum. „Weißt Du, ich bin ein Endemit und gleichzeitig ein Füsiker, das ist schon ziemlich selten. Aber Du bist ein Huhn und kannst singen und andere fröhlich machen. Du bist ein Unikat." „Was ist das?", fragte das Huhn. „Dich gibt es nur einmal", sagte die Mausassel. „Danke", sagte das Huhn und wollte nicht verlegen werden. „Dann mach's gut, Du Mausassel", rief es der Mausassel zu, „und E gleich em ce quadrat!" „Mach's auch gut, Du Huhn", rief die Mausassel zurück, „und E gleich em ce quadrat." Dann machte sie sich daran, den Deich heraufzuklettern, vorsichtig größere

Grasbüschel umkurvend. Und sie summte dabei die schöne Melodie, ohne damit aufzuhören.

Akki

Das Huhn sah der Mausassel noch zu, wie diese sich den Deich hochmühte. Dann ging es weiter. Die Sonne stand hoch über ihm. Das Huhn wusste, dass es noch einen halben Tag Zeit hatte, den Hühnerhof zu erreichen. Es ging den Weg entlang. Es nahm sich nicht die Zeit, nachzusehen, ob die Rillen quer oder längs angeordnet waren, es bemühte sich, schnell zu gehen. Ab und zu guckte es nach Radfahrern, denn es wollte nicht noch einmal umgefahren werden. „Querbeschleunigung nennt das die Mausassel", dachte sich das Huhn. Aber es dachte nicht lange. Hinter ihm war ein Geräusch zu hören. Ein Traktor mit einem großen Anhänger kam angefahren. Das Huhn beeilte sich, vom Weg wegzukommen. Es tippelte zum Zaun und duckte sich in dessen Schutz. Der Traktor kam näher und fuhr an dem Huhn vorbei. Das Huhn sah Körner auf dem Anhänger. Der Traktor fuhr über eine große Querrille des Weges. Der Anhänger polterte darüber und sprang ein wenig in die Höhe. Körner fielen heraus.

Das Huhn wartete ab, bis der Traktor sich wieder entfernt hatte. Dann lief es schnell zu den Körnern. Die sahen ganz normal aus, orangefarbene waren nicht dabei. So ganz traute sich das Huhn nicht an die Körner, aber dann war der Hunger doch zu groß. „Ein bisschen Risiko gibt es immer im Leben", dachte es bei sich. Und so schnell es konnte, pickte das Huhn so viele Körner auf wie es schaffen konnte. Erst kam das Frühstück und dann das Mittagessen. Dann war der Bauch so voll, dass nichts mehr hineinpasste. „Schade", dachte das Huhn bei sich, denn es lagen noch viele Körner auf dem Weg.

Das Huhn tippelte weiter. Es sah zu den Seiten und nach oben. Es hielt sich nahe am Zaun, da war es von einer Seite geschützt. Es lief schneller. Jetzt war es schon auf Höhe des Wäldchens, wo Sperber und Habicht lauern sollten. Richtung Wäldchen war aber nichts zu sehen und vom Deich her, also aus der entgegengesetzten Richtung, schien auch keine Gefahr zu drohen. „Bald habe ich es geschafft", sagte das Huhn zu sich. Da wurde es über ihm dunkel. Es ging blitzschnell. So schnell hatte das Huhn gar nicht gucken können. Aus dem Zaun kamen messerscharfe Krallen heraus. Die bewegten sich hin und her, direkt vor dem Kopf des Huhns. Aber sie kamen nicht näher. Das Huhn war völlig erschreckt, in voller Panik wollte es davon flattern, aber da hörte es eine Stimme. „Aua, aua, ich stecke im Zaun fest!". Das Huhn sah weiter hoch. Da steckte ein großer Vogel mit seinen scharfen, gefährlichen Krallen in den Maschen des Zauns fest. Dieser Vogel hatte einen großen, nach unten gebogenen Schnabel und gelbe, stechende Augen. Die Brust und der Bauch waren abwechselnd hell und dunkel gefärbt. Vorsorglich trat das Huhn einige Schritte zurück. Es beobachtete dabei gleichzeitig den großen Vogel und die Umgebung. Dieser Vogel sah gefährlich aus, sogar sehr gefährlich, aber auch in der Luft hätten noch weitere Vögel sein können. Das Herz des Huhns pochte, es wäre am liebsten immer noch davon geflattert. Aber da fing der große Vogel wieder an zu schreien. „Aua, aua, ich stecke im Zaun fest!" Das fand das Huhn lächerlich und sagte das auch: „Du bist so ein großer Vogel und fängst schon an zu schreien, wenn Du mal in einem Zaun feststeckst." „Ich muss Beute machen, Beute machen!", schrie der Vogel, „und jetzt kann ich das nicht, weil ich im Zaun feststecke. Kannst Du mir helfen, aus dem Zaun loszukommen?" „Du wolltest mich ermorden", sagte das Huhn, „das ist nicht nett von Dir. Ich finde es gut, dass Du im Zaun feststeckst. Dann kannst Du mich nämlich nicht ermorden."

Langsam wurde das Huhn ruhiger. Es sah, wie der große Vogel mit seinen Krallen im Zaun feststeckte. Es würde noch eine Weile dauern, bis er sich wieder befreit hätte. Das Huhn hatte also noch ein wenig Zeit. Es hatte zwar noch gehörig viel Angst, aber es war auch neugierig. Es wollte mehr über diesen Vogel wissen. „Helfen werde ich Dir nicht", sagte es, „dann wirst Du mich nämlich wieder angreifen. Ich hoffe, Du bleibst noch lange im Zaun stecken. Außerdem", fügte es hinzu, „hast Du Dich noch nicht einmal vorgestellt. Du bist nicht nur gefräßig, Du bist auch noch unhöflich."

Das Huhn erinnerte sich daran, wie es gewirkt hatte, als es selbst von der Mausassel auf seine Gier nach Fressen angesprochen worden war. Es wollte sehen, wie es wirkte, wenn es diesen großen Vogel in ähnlicher Weise ansprach. „Ich bin ein Sperber!", rief der Vogel. „Sperber sind normalerweise gute Jäger. Und ich wollte Beute machen. Da sah ich Dich und bin in den Zaun geflogen. Kannst Du mir nicht doch helfen?" „Nein", sagte das Huhn, „das habe ich Dir schon gesagt. Wenn Du aus dem Zaun befreit bist, dann greifst Du doch wieder an." „Und wenn ich Dir verspreche, dass ich Dich in Ruhe lasse, hilfst Du mir dann?", fragte der Sperber. „Nein", sagte das Huhn, „nein und noch mal nein. Außerdem glaube ich Dir nicht. Du würdest Dich doch wieder auf mich stürzen."

„Schade", sagte der Sperber. Er schrie jetzt nicht mehr so laut. Dem Huhn war das ganz recht. Das Schreien hatte sehr unangenehm in seinen Ohren geklungen. „Wer bist Du überhaupt?" „Ich bin ein Huhn", sagte das Huhn, „und Du wirst mir nicht erzählen, dass Du das nicht schon aus der Luft gesehen hast. Oder suchst Du Dir wahllos Deine Beute aus?" Das Huhn war böse auf den Sperber, weil der es angegriffen hatte. Es hatte jetzt keine Angst mehr, weil es gesehen hatte, dass der Sperber wirklich im Zaun festhing und noch eine Weile brauchen würde, um sich wieder zu befreien. Jetzt wollte es den Sperber richtig ärgern. „Du willst nur ablenken, indem Du mich etwas fragst", sagte es. „Du hast mir noch nicht einmal Deinen Namen gesagt." „Akki", sagte der Sperber. „Ich bin ein Sperberweibchen. Sperberweibchen greifen größere Vögel und Hasen oder Kaninchen an. Die Männchen gehen auf kleinere Tier wie Mäuse oder Kleinvögel. Wir teilen uns also die Arbeit, ohne uns zu behindern. Praktisch, nicht wahr?" Dem Huhn wurde das Sperberweibchen immer unsympathischer. Es war nicht die Art des Huhns, andere Tiere zu ärgern, im Gegenteil, aber jetzt schien es doch an der Zeit. „Akki ist ein komischer Name, wie heißt denn Dein Männchen", fragte es. „Auch Akki", sagte das Sperberweibchen. „Alle Sperber heißen Akki. Und die Habichte auch." „Wie kommt das?", fragte das Huhn. „Weißt Du", sagte das Sperberweibchen, „hier kommen öfter komische Menschen hierhin. Die haben lange Stöcke auf der Schulter und schauen sich uns Vögel durch große Röhren an. Da ist einer von uns über diese Menschen hinweg geflogen. Die haben durch die Röhren geschaut und wohl nicht gewusst, wer das war. Sie haben sich unterhalten. „Was war das für ein Vogel?", haben sie sich untereinander gefragt. „Schwierig", hat einer gesagt, „vielleicht ein Sperberweibchen im Schlichtkleid, vielleicht aber auch ein Habicht im Jugendkleid. Auf alle Fälle irgendso ein Akki." „Und so heißen wir alle Akki", sagte das Sperberweibchen, „ich finde, das ist ein sehr schöner Name."

„Wenn Du das schön findest", sagte das Huhn, „dann ist das Deine Sache. Ich finde es langweilig, wenn Ihr alle gleich heißt." „Wie heißt Du denn?", fragte das Sperberweibchen. „Ich bin ein Huhn", sagte das Huhn. „Außerdem weißt Du das sowieso schon seit dem Zeitpunkt, als Du mich aus der Luft gesehen hast." „Das wollte ich nicht wissen", sagte das Sperberweibchen, „ich wollte wissen, wie Dein Name ist." „Huhn", sagte das Huhn, „ich habe keinen anderen Namen." „Ich finde, Akki als Name für Sperber und Habichte ist immer noch besser als ‚Huhn' für ein Huhn", sagte das Sperberweibchen. Das Huhn war etwas betreten. Es hatte das Sperberweibchen mit Worten verletzen wollen, aber so ganz hatte das nicht geklappt.

Es dachte daran, dass die Gelegenheit günstig wäre, sich schnell zu verabschieden und sich auf den weiteren Weg zum Hühnerhof zu machen. Es würde noch etwas dauern, bis der

Sperber sich aus dem Zaun befreit hätte und wieder auf Hühner- oder Hasenjagd gehen könnte. Es wollte aber noch einmal mit dem Sperberweibchen sprechen. „Für alle Tiere, die ich bisher getroffen habe, habe ich ein Lied gesungen", sagte das Huhn, „und das will ich für Dich auch tun. Ich hoffe aber, dass Du über mein Lied etwas nachdenkst. Ich singe Dir auch nur diese Strophe vor. Dann bin ich weg, bevor Du Dich befreit hast. Ich wünsche Dir auch nicht alles Gute." Und das Huhn sang:

Der Sperber, der macht Beute

Das Huhn, das will das nicht

Der Akki aber heute

Der kann das leider nicht.

Und dann machte das Huhn, dass es fortkam, und lief in die Richtung, wo der Hühnerhof irgendwann kommen sollte. So richtig wohl fühlte es sich nicht. Aber das lag nicht an den Körnern, die es gepickt hatte. Vielleicht war es ja noch der Schreck, weil der Sperber das Huhn angegriffen hatte. Vielleicht lag es auch daran, dass das Huhn zum ersten Mal gesungen hatte, um jemanden zu ärgern, und nicht, um ihn fröhlich zu machen. Aber das konnte das Huhn im Augenblick nicht herausbekommen. Es wollte den Hühnerhof noch am selben Tag erreichen und musste sich anstrengen, den Weg zu schaffen.

Singvögel

Das Huhn lief auf dem Weg, bei dem die Fugen mal längs und mal quer angeordnet waren. Der Deich war auf der einen Seite. Und das Wäldchen auf der anderen Seite war schon weiter entfernt. Eine große Wiese war jetzt auf dieser Seite und dahinter waren Felder. Der Zaun war immer noch da. Das Huhn war froh darüber, denn der Zaun hatte das Huhn ja schon einmal vor dem Sperberweibchen geschützt. Das Huhn hoffte, dass wieder so ein Traktor mit einem Anhänger mit Körnern vorbeikäme. Es hatte schon wieder Hunger. Wahrscheinlich kam das mit dem Hunger von den vielen Abenteuern und dem vielen Laufen. Aber es kam kein Traktor. Das Huhn lief weiter. Es wollte unbedingt an demselben Tag den Hühnerhof erreichen. Es lief noch ein Stück, aber kein Hühnerhof kam, stattdessen stand es vor einem großen Baum. Der hatte dicke, knorrige Äste. Die standen quer vom Baum ab. An den Enden der Äste waren Blätter, an den Ästen selbst nur wenige. Der Baum war sehr hoch und auch die untersten Äste waren schon recht hoch über dem Huhn. Das Huhn hatte angehalten. Es betrachtete den Baum. „Ob ich das schaffen kann?", fragte es sich. Es dachte an die Ente. Die hatte gesagt, dass Hühner nicht richtig fliegen könnten. Die Ente hatte es gut gemeint, als sie für das Huhn die Dauer der Reise zum Hühnerhof ausgerechnet hatte. Und auch die Hasenmutter hatte gesagt, dass eine Reise für Hühner weiter wäre als für Hasen.

Es entschloss sich, es zu probieren. Es nahm Anlauf und versuchte, auf den untersten Ast des Baumes zu fliegen. Aber es flog an dem untersten Ast vorbei. Da ging das Huhn einige Schritte zurück. Es nahm noch einmal Anlauf und bewegte dabei seine Beine ganz schnell und schlug mit den Flügeln. Und es gelang ihm, sich in die Luft zu erheben. Es fühlte, dass seine Flügel viel kräftiger als früher geworden waren. Dann saß es auf dem untersten Ast des Baumes.

Das Huhn war außer Atem. Es hatte Mühe, sich auf diesem Ast festzuhalten. Dann hatte es das Gleichgewicht gefunden. Es pustete durch. Jetzt war das Huhn stolz. Es hatte geschafft, was keiner einem Huhn zutraute, nämlich auf einen hohen Baum zu gelangen. Es ruhte sich ein bisschen aus und blickte in der Gegend herum. Es sah Grünland und den Deich, aber nicht mehr. Das Huhn entschloss sich, in dem Baum weiter nach oben zu flattern. Es fing wieder an, mit den Flügeln zu schlagen und wenig später saß das Huhn auf einem höheren Ast. So ging das weiter, bis das Huhn fast oben auf dem Baum saß. Von hier aus hatte es einen weiten Überblick über das Land vor ihm. Es sah sogar den Fluss hinter dem Deich und es sah, wie der Deich immer weiter neben dem Fluss herging. Es sah auch, wie das Grünland auf der anderen Seite des Deiches immer weiterging. Ganz in der Ferne im Grünland neben dem Deich sah es einen Bauernhof mit vielen Gebäuden. „Das könnte der Hühnerhof sein", dachte es bei sich.

Da machte es über dem Huhn „Pink, pink." Ein kleiner Vogel saß auf einem dünnen Ast über dem Huhn. Das Huhn sah zu dem kleinen Vogel. Der machte weiter „Pink, pink" und noch einmal „Pink, pink" und noch einmal „Pink, pink." Der kleine Vogel war vorne gelb, aber in der Mitte seiner Brust hatte er einen schwarzen Streifen. Als er noch einmal „Pink, pink" machte, wurde es dem Huhn zu bunt. „Warum machst Du immer „Pink, pink?", fragte es. Der kleine Vogel machte noch einmal „Pink", aber nur einmal. Dann sagte er: „Das ist unser Warnruf. Wir warnen unsere Kameraden und Kinder. Es könnte Gefahr drohen." „Von mir droht keine Gefahr", sagte das Huhn. „Ich bin ein friedliches Huhn. Oder sehe ich aus wie ein Sperber?" Es dachte an sein Erlebnis mit dem Sperber. Das war noch nicht so lange her. „Nein", sagte der kleine Vogel, „ich habe schon gesehen, dass Du ein Huhn bist. Aber ein Huhn so hoch in einem Baum, das habe ich noch nie gesehen. Da habe ich lieber die anderen gewarnt." Der kleine Vogel streckte den Kopf ganz nach vorne und sah sich das Huhn sehr genau an. „Du bist wirklich ein Huhn. Es hätte auch sein können, dass irgendein Feind sich getarnt haben könnte, um uns zu fangen. Bist Du ein Flughuhn?" „Nein", sagte das Huhn, „ich bin ein ganz normales Huhn, das viel geübt hat. Und jetzt kann ich auch auf Bäume fliegen. Darüber bin ich sehr stolz." „Sehr ungewöhnlich", meinte der kleine Vogel. Dann rief er: „Kinder, alle mal herkommen, das hier ist ein Huhn."

Es burrte in der Luft, nicht so laut wie bei Hühnern, wenn die flattern, aber zu hören war es schon. Und dann kamen noch weitere kleine Vögel angeflogen. „Darf ich vorstellen", sagte der kleine Vogel und zeigte auf seine Brust: „Meisenmann." Er zeigte auf einen gleich großen Vogel, der aber etwas blasser gefärbt war: „Meisenfrau." Und dann zeigte er auf drei kleinere Vögel. Die waren noch blasser gefärbt als die Meisenfrau. „Meise Junior." Da saßen die drei kleinen Meisenkinder und betrachteten das Huhn. Dann fingen sie an zu lachen. „Ha, ha, ha, ein Huhn auf einem Baum, ist das komisch!" „Komisch finde ich das nicht", sagte das Huhn, „aber Ihr habt recht, wenn Ihr Euch wundert, normal ist das nicht. Normalerweise kommen Hühner nicht so hoch auf einen Baum." Die Meisenkinder lachten weiter und waren fröhlich. „Ein Baumhuhn!", rief eines der Kinder. Und die anderen lachten weiter und sie riefen alle: „Baumhuhn, Baumhuhn." Da lachte das Huhn mit und Meisenmann und Meisenfrau lachten auch.

„Ihr Meisenkinder seid komisch", sagte das Huhn, „aber ich bin nicht nur ein Baumhuhn, ich bin auch ein Reisehuhn und ein Gartenhuhn und ein Singehuhn. Ich bin schon weit herumgekommen." „Wir kommen jeden Tag weit herum", rief eines der Meisenkinder. „Na, im Augenblick noch nicht", sagte die Meisenmutter, „aber später, dann kommen wir ganz weit herum." Sie wandte sich an das Huhn. „Wir wohnen in der Nähe des Hühnerhofes, das ist bis hierher für die Kleinen eine ganze Strecke zu fliegen." „Finde ich tüchtig", sagte das Huhn. Es fragte die Meisenkinder. „Wie heißt Ihr denn?" Das erste Meisenkind sagte: „Meise Junior." Das Huhn drehte sich zu dem nächsten Meisenkind. „Und wie heißt Du?" „Meise Junior", sagte das zweite Meisenkind. „Und dann heißt Du sicher auch Meise Junior?", fragte das Huhn das dritte Meisenkind. „Stimmt genau, Meise Junior", sagte das dritte Meisenkind. Alle drei kicherten. „Das sind sehr schöne Namen für Meisenkinder", sagte das Huhn. Es überlegte, wie es das Gespräch fortsetzen sollte, aber da mischte sich der Meisenvater ein. „Gerade hast Du gesagt, Du bist auch ein Singehuhn. Das finde ich sehr interessant. Du weißt sicher, dass Meisen gerne singen. Was kannst Du denn singen?"

Das Huhn dachte an den Hühnergarten und die Meisen, die dort gewesen waren und daran, wie schön die Meisen dort gesungen hatten. Es wollte sich mit seinem Gesang nicht an den Meisen messen. „Ich weiß nicht, ob mein Gesang so gut ist wie Euer Meisengesang. Vielleicht war es nicht richtig, mich ein Singehuhn zu nennen." „Quatsch", rief der Meisenvater, „für einen Singvogel ist jede Anregung gut." Und er richtete sich auf und sang: „Zi **zieh** dä." Dabei betonte er den Gesang auf dem zweiten Wort. Dann sang er: „**Zizidäh**", und betonte auf dem ersten Wort. „Hört sich gut an", sagte das Huhn. Die Meisenmutter mischte sich ein. „Singen kann er den ganzen Tag und bei jeder Gelegenheit. Aber die Kinder füttern, das tut er nicht so gerne." Das Huhn wollte nicht, dass Streit aufkam. Es sagte: „Ich kann Euch mein eigenes Lied vorsingen, das Lied vom Gartenhuhn. Und später singen wir gemeinsam."

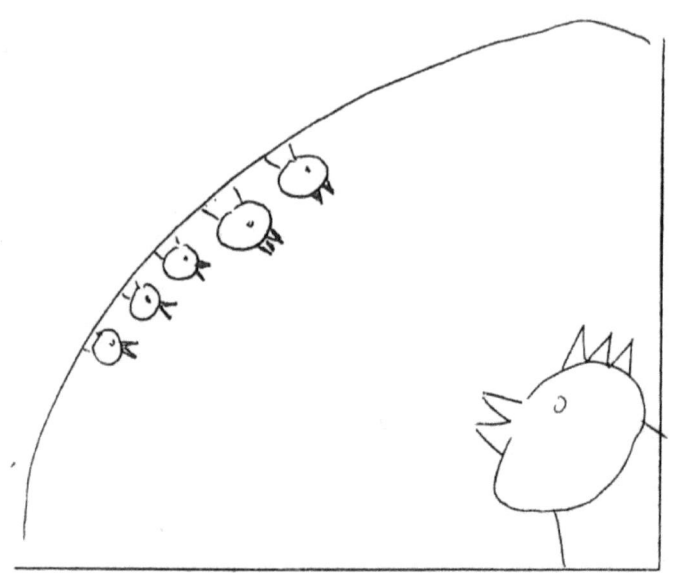

Das Huhn begann:

Ich bin so gern im Garten

Weil – ich bin gerne Huhn

Und wär es nicht der Garten

Ich bleib das Gerne–Huhn.

„Schön", riefen die Meisenkinder, „das ist besser als Papas Melodie. Die ist langsam langweilig." Der Meisenvater war nicht sehr erfreut. „Ich kann sehr gut singen", sagte er. Die Meisenmutter mischte sich ein. „Ja, natürlich, aber das Huhn kann auch sehr gut singen. Hättest Du das gedacht, ein Huhn, das singen kann?" „Nein", sagte der Meisenmann, „ich hätte auch nicht gedacht, dass Hühner so vielseitig sind. Baumhuhn,

Reisehuhn, Singehuhn, Gartenhuhn und Gernehuhn, das ist schon eine Menge. Was ist denn eigentlich ein Gernehuhn?", fragte der Meisenmann. Das Huhn musste überlegen. „Eigentlich bin ich gerne ein Huhn", sagte es dann. „Ich möchte nichts anderes als ein Huhn sein. Damit bin ich zufrieden." „Zufrieden", sagte der Meisenmann, „das finde ich schön."

„Ich werde Dir jetzt auch etwas vorsingen", sagte er dann. „Du wirst erstaunt sein." Der Meisenmann fing an, nach der Melodie des Huhns zu singen:

*Zi **Zieh** dä **Zi** Zi **Däh** hä*

*Zi **Zieh** dä **Zi** Zi **Däh***

*Zi **Zieh** dä **Zi** Zi **Däh** hä*

*Zi **Zieh** dä **Zi** Zi **Däh**.*

Das Huhn war wirklich erstaunt. „Das finde ich sehr schön", sagte es dann. „Jetzt ist das Hühnerlied auch ein Meisenlied geworden." Die Juniormeisen kicherten. „Ein neues Meisenlied, wir hätten gar nicht gedacht, dass dem Papa so etwas einfallen würde." Das Huhn schlug vor: „Wie könnten ja gemeinsam das Lied singen." Und es sang vor, wie es sich das gemeinsame Lied vorstellte.

Dann sangen alle:

Ich bin so gern im Garten
*Zi **Zieh** dä **Zi** Zi **Däh***
Und wär es nicht der Garten
*Zi **Zieh** dä **Zi** Zi **Däh**.*

Die Meisenkinder lachten wieder und sangen weiter, bis sie völlig durcheinander kamen. Dann hörten sie mit dem Singen auf und flatterten zwischen den Ästen des Baumes hin und her. Die Meisenmutter sagte: „Das war nett von Dir. Ich will Dir etwas verraten. Da unten am Zaun ist dem Bauern der Anhänger umgekippt. Da liegen eine Menge Körner herum. Aber nur gute. Da könntest Du Dich stärken. Weißt Du, nur vom Singen kann man nicht leben." „Danke", sagte das Huhn, „aber vielleicht könntest Du mir etwas anderes verraten. Ihr wohnt doch in der Nähe des Bauernhofes. Außerdem kommt Ihr viel herum. Gibt es da auch Hühner?" „Ja", sagte die Meisenmutter, aber jetzt sah sie etwas merkwürdig aus. „Da gibt es auch Hühner. Am besten schaust Du Dir das alles einmal an und machst Dir selbst ein Bild von den Hühnern dort." Das Huhn war erst einmal froh über die Nachricht, dass es auf dem richtigen Weg war. Das andere würde sich finden. „Dann will ich mal", sagte es, „Tschüss, Ihr Meisen." Es blickte nach unten und stellte fest, dass es sich sehr weit über dem Boden befand. „Runter wird es schneller gehen als hoch", dachte es bei sich. Es spannte die Flügel aus und flog zu Boden. Aber das ging noch viel schneller, als das Huhn geplant hatte. „Plumps", machte es. Das Huhn schlug auf dem Boden auf, erst mit seinem Körper und dann noch mit dem Kopf. „Das Plumpshuhn", hörte es die Meisenkinder lachen. „Ja, ja, sehr vielseitig", murmelte das Huhn und strich sich mit dem Flügel über den Kopf. Da begann eine Beule herauszukommen. Sonst war aber nichts kaputt. „Und ein Beulenhuhn auch noch", ergänzte das Huhn. Es ging zu den Körnern, von denen die Meisenmutter gesprochen hatte, und stärkte sich erst einmal.

Der Hühnerhof

Als das Huhn seine Körner pickte, da burrte es ganz leise in der Luft. Dann burrte es noch einmal und noch einmal. Die drei Meisenkinder setzten sich auf den Zaun. „Das Plumpshuhn, das Plumpshuhn, das Plumpshuhn!", riefen sie und lachten. „Nein", sagte das Huhn, „da habt Ihr Euch vertan. Ich bin jetzt das Körnerpickhuhn. Das seht Ihr doch – oder etwa nicht? Hier liegen so viele Körner, dass ich die gar nicht alleine schaffen kann." „Körnerpickhuhn!", riefen die Meisenkinder und lachten wieder. Es burrte wieder in der Luft, immer noch ganz leise, aber schon kräftiger. Die Meisenmutter setzte sich zu den Meisenkindern. „Eines wollte ich Dir noch sagen." Sie sprach zu dem Huhn. „Wenn Du Dich gestärkt hast, solltest Du Dich erst einmal ausschlafen. Es ist besser, Du gehst ausgeschlafen und gut gestärkt zu dem Hühnerhof."

Das Huhn blickte die Meisenmutter verwundert an. Dann schaute es nach der Sonne. Die war dabei unterzugehen. Die Meisenmutter hatte wahrscheinlich recht, denn der Tag neigte sich seinem Ende zu. Das Huhn wollte auch nicht weiter fragen, was es denn mit dem Hühnerhof auf sich hätte, denn das hatte Zeit bis zum nächsten Tag. Mit der Meisenmutter war es wohl so wie mit der Hasenmutter. Aber bevor das Huhn weiter über Meisen- und Hasenmutter nachdenken konnte, zeigte die Meisenmutter auf einen Schuppen. Den hatte das Huhn noch gar nicht gesehen. Es stand nicht weit entfernt. „Da drauf ist ein Kasten. In den könntest Du Dich hineinzwängen. Da drin kannst Du sicher schlafen. Da findet Dich kein Fuchs und kein Sperber." Das Huhn bedankte sich bei der Meisenmutter und zu den Meisenkindern sagte es: „Tschüss, Ihr Meisenkinder. Ich werde jetzt zum Schlafhuhn. Und Ihr werdet jetzt mit Eurer Mutter mitfliegen, denn Ihr müsst auch schlafen. Wer weiß, was Ihr morgen alles erleben werdet." „Schlafhuhn", riefen die Meisenkinder und lachten. „Schlafmeisenkinder!", rief das

Huhn ihnen noch zu. Dann waren die Meisen weggeflogen. Das Huhn machte noch einige Schritte zum Schuppen. Dann flog es hoch und zwängte sich in den Kasten, der darauf stand. Es war ganz schnell eingeschlafen.

Am nächsten Morgen wachte es auf. Es zwängte sich aus dem Kasten und streckte und plusterte sich. Dann trank es ein wenig Wasser aus einer Pfütze neben dem Weg. Es waren noch viele Körner vom Vortag da. An denen stärkte sich das Huhn. Dann tippelte es los in die Richtung des Hühnerhofes. Je näher das Huhn diesem Hof kam, umso lauter wurde es. Es gackerte und krähte und machte „putt-putt." „Da bin ich richtig", dachte das Huhn, auch wenn es ihm ein wenig zu laut war. Der Hof bestand aus Gebäuden. Neben den Gebäuden war ein großer, hoher Zaun zu sehen. Oben auf dem Zaun war Stacheldraht. Unten waren enge Maschen. Und hinter dem Zaun waren ganz viele weiße Hühner. Das Huhn ging näher und erreichte den Zaun.

Die Hühner hier waren größer als es selbst. Einige scharrten am Boden, einige standen vor einer langen Rinne. Das Huhn konnte sehen, dass in der Rinne Körner waren. Die Hühner vor der Rinne standen in einer Rcihe. Ein Hahn kommandierte: „Picken!" Das erste Huhn an der Rinne fing an zu picken. Dann rief der Hahn: „Fertig!" Dann kam das nächste Huhn an die Reihe. Die Hühnerreihe vor der Rinne kam in Unordnung. Einige Hühner standen nebeneinander. Da rief der Hahn: „In die Reihe! Die größten Hühner nach vorne, die kleinsten nach hinten!" Und so ging es weiter. Ein zweiter Hahn kam hinzu. Er stellte sich neben den ersten Hahn. Das Huhn konnte in dem Gegacker und Gekrähe gerade hören, was der zweite Hahn sagte. „Du gehst mit Deinen Hühnern zu streng um. Lass ihnen doch ein bisschen Freude. Dann legen sie auch besser."

Der erste Hahn schüttelte den Kopf. „Du bist mit Deinen Hühnern zu weich. Du musst strenger werden. Wer nicht legt, landet im Topf." Und er rief: „Legen, legen!" Da rannten zahlreiche Hühner los, auch die, die noch nicht gepickt hatten. An einer Wand waren Kästen angebracht. Die waren gelb angemalt. Da sprangen oder flatterten sie hinein und kamen nach einiger Zeit wieder hinaus. Die beiden Hähne unterhielten sich weiter. Dann rief der zweite Hahn: „An die Hühner der zweiten Gruppe! Vergesst das Legen nicht. Putt-putt, dahinten sind Eure Legekästen!" Andere Hühner liefen zu einer anderen Wand. Da waren dieselben Kästen angebracht wie an der ersten Wand, aber diese waren rot angemalt. Und in diese Kästen flatterten oder sprangen die Hühner der zweiten Gruppe hinein und kamen nach einiger Zeit wieder heraus. Der zweite Hahn schien freundlicher zu sein als der erste. Nur ein Mal wurde er energisch. Da lief ein Huhn aus seiner Gruppe auf die gelben Kästen zu. Eilig lief er auf dieses Huhn zu. „Nicht da rein. Da vorne sind die roten Kästen, da musst Du hineinlegen. Wenn Du in die gelben Kästen legst, dann zählt das für die erste Gruppe." Der zweite Hahn ging zu dem ersten zurück. „Ist das eine Arbeit, den Hühnern beizubringen, in welche Kästen sie zu legen haben. Ein richtiger Hühnerhaufen!" Der erste Hahn sagte: „Du hast recht, ich bin abends oft ganz heiser vom Krähen. Aber was soll man machen? Wenn die Hühner nicht genug Eier legen, dann landen wir beide im Topf." Der zweite Hahn sagte: „Du hast recht, aber nach dem Schicksal, dass wir beide im Topf landen, siehst es im Augenblick nicht aus. Wir haben zwar unterschiedliche Methoden, aber ein gemeinsames Ziel." Da lachten die beiden Hähne und schlugen sich mit den Flügeln auf die Schultern.

Das Huhn sah diesem Treiben zu. Es sah, dass es noch mehr Hähne und Hühnergruppen gab. Da waren neben den gelben und roten Legekästen noch blaue und grüne und violette und orangefarbene. Es beobachtete, wie jeder Hahn anders mit den Hühnern seiner Gruppe umging. Der eine war etwas freundlicher und der andere war etwas strenger, aber alle hatten nur eines im Sinn, dass die Hühner auch genug Eier legten. Das Huhn dachte an die Meisenmutter. Jetzt wusste das Huhn, was die Meisenmutter gemeint hatte, als sie sagte, dass das Huhn gut ausgeruht und gut gestärkt zu dem Hühnerhof gehen sollte. Das Huhn war enttäuscht. So hatte es sich das Ziel seiner Reise nicht vorgestellt. Als die Ente ihm vom Hühnerhof erzählt hatte, da hatte es sich auf einen Hühnerhof gefreut, in dem es sich wohlfühlen könnte, einen Hühnerhof, der ein Ersatz war für den Hühnergarten, aus dem es vertrieben worden war. Aber hier konnte sich das Huhn nicht wohlfühlen. Es dachte daran, wie es dem Meisenvater erklärt hatte, was ein Gernehuhn war. Es wollte ein Gernehuhn bleiben.

Aber das Huhn kam nicht dazu, weiter nachzudenken. „Hallo", hörte es neben sich, aber auf der anderen Seite des Zauns. Das Huhn sah in die Richtung der Stimme. Da stand ein kleines Huhn neben dem Zaun, klein und braun, viel kleiner als es selbst. „Wer bist Du denn, gehörst Du auch auf diesen Hühnerhof?", fragte das Huhn. „Ich bin das Zwerghuhn Celinde", sagte das kleine Huhn, „und wer bist Du?" „Ich bin ein Huhn"; sagte das Huhn, „aber ein normales Huhn und nicht so ein Legehuhn wie die anderen Hühner hier. Ich komme von weiter her und dachte, hier könnte ich bleiben. Aber so ganz gefällt es mir doch nicht hier." „Na, so richtig schön ist es hier wirklich nicht", sagte das Zwerghuhn, „aber ich habe Glück, ich bin in der zweiten Gruppe, da geht es nicht so streng zu wie in anderen Gruppen. Außerdem bekomme ich genügend Körner zu picken, auch wenn ich mich immer hinten anstellen muss." Das Zwerghuhn seufzte. „Du siehst ja, ich bin das kleinste

Huhn hier auf dem Hof. Aber es geht schon. Hier auf dem Hühnerhof sind wir sicher vor Habichten und Sperbern. Und im Topf lande ich auch nicht so schnell." Es lächelte. „Das ist der Vorteil, wenn man so klein ist. An mir ist nicht genug dran."

„Wie kommst Du auf diesen Hühnerhof?", fragte das Huhn das Zwerghuhn Celinde. „Ich komme von einem anderen Hof. Einmal habe ich mich verlaufen. Es waren Habichte und Sperber in der Luft. Da bin ich ganz schnell durch ein Loch im Zaun dieses Hühnerhofes geschlüpft und habe mich gerettet. Seitdem bin ich hier." Das Huhn dachte an seine eigene Geschichte mit dem Sperberweibchen. Es hatte Glück gehabt. Aber auch wenn es gefährlich war – gegen den Hühnerhof eintauschen wollte es die Gefahren der Reise doch nicht. Das Huhn fand das Zwerghuhn Celinde nett und wollte noch ein wenig mit ihm plaudern. Da hörten beide die Stimme des zweiten Hahns. „Celinde, vergiss das Legen nicht, putt-putt." „Ja, Hahn", rief Celinde, „ich komme gleich!" Und zum Huhn sagte Celinde: „Wir haben noch etwas Zeit, der Hahn ruft immer drei Mal, bevor er energisch wird." Das Huhn merkte, dass die Zeit zum Plaudern begrenzt war. Es sagte zum Zwerghuhn: „Celinde, ich kann singen. Ich singe Dir einmal mein Lied vom Gartenhuhn vor." „Da bin ich aber gespannt", sagte Celinde. Das Huhn begann:

Das Huhn, das aus dem Garten

Das sang so gern ein Lied

Es klingt so schön im Garten

Des Gartenhühnchens Lied.

„Das ist aber schön", sagte Celinde. „Erlaubst Du, dass ich mir dieses Lied merken darf?" „Sicher darfst Du Dir die Melodie und den Text merken", sagte das Huhn. „Damit Du es Dir besser merken kannst, singe ich es Dir noch einmal vor." Und es sang diese Strophe noch einmal. Das Huhn fand komisch, was Celinde gefragt hatte, aber es ließ sich nichts anmerken. Der zweite Hahn hatte wohl das Singen gehört. Er kam näher und stellte sich neben Celinde. „Was geht hier vor?", fragte er. Celinde wollte etwas sagen, aber fing so an zu stottern, dass man nichts verstehen konnte. Das Huhn übernahm das Gespräch. „Hallo, Chef", sagte es. Diese Anrede erschien ihm gut. „Du hast ein nettes Huhn in Deiner Gruppe. Ich bringe ihm gerade ein Lied bei, bei dem man besser legen kann. Das fördert die Produktion." „Lass hören." Der Hahn schien interessiert. Und das Huhn sang dem Hahn die Melodie des Liedes vor:

Puttputt puttputt putt puttputt

Puttputt puttputt puttputt

Puttputt puttputt putt puttputt

Puttputt puttputt puttputt.

„Hört sich gut an", sagte der Hahn. „Und die Hühner legen dann auch wirklich besser?" „Das ist ein Lied mit Legegarantie", sagte das Huhn, „aber es wäre gut, wenn Du die Celinde noch ein wenig hier lassen könntest, denn sie kann das Lied noch nicht auswendig." „Ist gut", sagte der Hahn. Dann fiel ihm etwas ein. „Könntest Du nicht herüberkommen und uns das Lied vorsingen. Wenn es gut ist und die Hühner mehr legen, dann könntest Du hier bleiben und bekämest Körner und brauchtest auch nicht so viel zu legen wie die anderen Hühner." „Ich brauche noch Bedenkzeit", sagte das Huhn. „Aber lass

Dich nicht aufhalten. Geh ruhig zu Deinen anderen Hühnern und lass mir Celinde hier. Während ich denke, lernt Celinde das Lied auswendig." „Ist gut", sagte der Hahn wie schon vorhin. Er ging zurück und sah recht fröhlich aus. „Mit Legegarantie. Das ist gut."

Als der Hahn sich so weit entfernt hatte, dass er nicht mehr zuhören konnte, sagte das Huhn zu Celinde: „Da vorne ist ein Loch im Zaun, da könntest Du hindurch schlüpfen. Du musst Dich schnell entscheiden. Es ist ein Angebot von mir. Du könntest mich begleiten, ich könnte Dich beschützen. Denn hier ist kein Ort, an dem ich bleiben kann. Und hier kannst auch Du nicht glücklich werden." Celinde sah das Huhn an. „Danke", sagte Celinde, „das findet ich nett von Dir. Eigentlich ist das noch viel netter als nett und ich weiß gar nicht, was ich sagen soll. So etwas hat mir noch keiner gesagt. Du hast recht, hier ist es nicht richtig schön. Aber was soll ich machen? Hier habe ich Körner, wenn auch nicht viele, weil ich mich hinten anstellen muss. Aber hier ist kein Habicht oder ein Sperber. Und ich weiß auch nicht, was es sonst noch für Gefahren außerhalb gibt. Ich traue mich nicht, etwas anderes zu machen. Da bleibe ich lieber auf dem Hühnerhof." „Finde ich schade", sagte das Huhn. Es hätte Celinde gern geholfen, es wäre doch so einfach gewesen. „Kannst Du mich nicht verstehen?", fragte Celinde. Das Huhn wollte es Celinde nicht noch schwerer machen. „Klar kann ich Dich verstehen", sagte es, „was man hat, das hat man. Dann wollen wir mal das Lied weiter üben, dann kannst Du Dich später bei dem Lied entspannen und besser legen." Und es fing an, die Strophe von dem Gartenhuhn noch einmal vorzusingen. Dann sangen sie gemeinsam und irgendwann konnte Celinde das Lied auswendig singen.
Der zweite Hahn kam zurück. „Was ist?", fragte er das Huhn, „hast Du es Dir überlegt?" „Ich kann leider nicht bleiben", sagte

das Huhn, „ich habe weitere Verpflichtungen. Aber Dein Zwerghuhn Celinde, das kann so gut singen, dem solltest Du mal mehr Körner geben und den anderen Hühnern vorsingen lassen, dann wird die Eierproduktion auch besser." „Ist gut." Der zweite Hahn wandte sich an Celinde. „Dann übernimmst Du das. Und Du darfst Dich in der Pickreihe weiter nach vorne stellen. Ich werde es überwachen." „Danke, Chef", sagte Celinde. Es hatte sich diese Anrede, die vorher das Huhn benutzt hatte, genau gemerkt, denn diese Anrede hatte dem Hahn gefallen. Andere Hähne kamen hinzu. „Keine Musik auf dem Hühnerhof", sagte einer von ihnen, „unsere Hühner fühlen sich durch Lieder beim Legen gestört. Sie sind alle zu uns Hähnen gekommen. Sie wollen lieber gackern. Singen ist nicht huhngerecht." „Das stimmt doch nicht", rief da das Huhn. „Ihr wollt Euren Hühnern jetzt auch noch das Singen verbieten!" „Wer bist Du denn?", fragte einer der Hähne, „Du hast uns gar nichts zu sagen. Aber Du scheinst mit dem zweiten Hahn befreundet zu sein, da will ich es Dir erklären. Es kommt wirklich von den Hühnern, dass sie keine Musik auf dem Hühnerhof haben wollen. Sonst haben die Hühner ja hier wirklich nicht viel zu sagen, aber wenn die Hühner das Legen einstellen, dann geht es uns allen schlecht. Da ist es besser, wir verzichten auf Musik."

Dem Huhn erschien der Hühnerhof jetzt noch viel schrecklicher als vorhin. Es war darüber traurig, aber auch böse. Es wurde böser und noch böser. Es flatterte auf den Zaun, obwohl der sehr hoch war, so hoch, dass andere Hühner nicht hinaufkamen. Oben blieb es sitzen und hielt sich gut fest, so dass es auf keinen Fall in den Hühnerhof hineinfallen konnte. Und so laut es konnte, sang es den Hühnern ein Lied vor:

Ihr Hühner wollt nicht singen

Ihr pickt nur auf dem Hof

So kann das nicht gelingen

Ihr Hühner, Ihr seid doof.

Und es sang das Lied noch ein zweites und drittes Mal. Da erhob sich ein Gackern und ein Krähen auf dem Hühnerhof und es wurde laut und lauter. Die Hühner und die Hähne machten einen Lärm wie nie zuvor. Das Huhn wusste genau, dass dieser Lärm ihm galt und es war froh, dass es für die anderen nicht erreichbar war. Es flatterte vom Zaun herunter, aber auf die Seite, auf der die Freiheit war, und beeilte sich, von diesem grausigen Ort so schnell wie möglich wegzukommen.

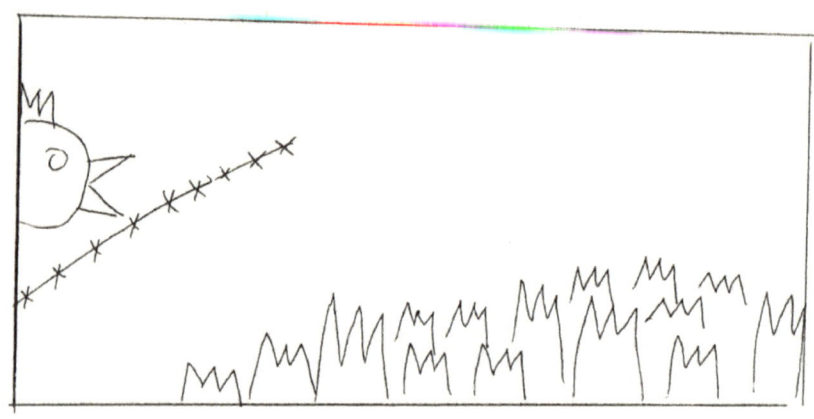

Die Maus

Als das Huhn von dem Zaun des Hühnerhofes herunter geflattert war, lief es, so schnell es konnte, davon. Es achtete dabei nicht auf die Richtung. Es wollte nur von diesem Ort ganz weit wegkommen. Der Lärm, den die Hühner und Hähne veranstalteten, wurde langsam weniger. Es tat dem Huhn gut in den Ohren, dass es leiser wurde. Auch hatte es in dem Huhn viel zu kräftig und zu schnell „puckpuckpuck" gemacht, aber das wurde jetzt besser. Das Huhn kam so langsam zu sich. „Puh", sagte es zu sich. „Und da wollte ich hin und für immer bleiben. Wie furchtbar! Wie furchtbar!" Es burrte in der Luft, ganz leise, aber drei Mal. Das Huhn sah sich um. Es war genau bis zu der Stelle gerannt, von der aus es am Morgen losgegangen war. Die drei Meisenkinder saßen vor dem Huhn auf dem Zaun. „Was ist das, furchtbar?", fragten sie. „Das Wort kennen wir nicht." „Na", sagte das Huhn, „so ähnlich wie schrecklich." „Das kennen wir auch nicht", sagten die Meisenkinder. Es burrte wieder in der Luft, jetzt aber ein wenig kräftiger. Die Meisenmutter setzte sich zu ihren Kindern auf den Zaun. „Wie auf dem Hühnerhof", sagte sie zu ihren Kindern, „mit all den Hühnern hinter dem Draht." „Das können wir verstehen." Die Meisenkinder schüttelten sich. „Da bleiben wir lieber hier." Und zu dem Huhn sagten sie: „Willst Du auch hier bleiben? Was für ein Huhn bist Du denn heute? Bist Du noch ein Plumpshuhn?" „Nein", sagte das Huhn, „kein Plumps-huhn." Es fasste sich an den Kopf. Die Beule war nicht mehr da. „Auch kein Beulenhuhn, jetzt bin ich ein Abschiedshuhn", sagte das Huhn. „Ich will weiter, denn so nahe am Hühnerhof will ich nicht wohnen."

„Das kann ich verstehen", sagte die Meisenmutter, „aber Du wirst auch verstehen, dass ich Dir nicht mehr über den Hühnerhof erzählt habe. Du hattest Dich doch darauf gefreut. Du solltest Dir selbst ein Bild von dem Hühnerhof machen."

„Ja", sagte das Huhn und seufzte, „das habe ich gemacht." Es
war nicht mehr böse, es war nur noch traurig. „Denk an die
Körner da vorne", sagte die Meisenmutter, „es sind noch viele
da. Und dann folgst Du am Hühnerhof vorbei dem Deich, der
später einen Knick nach links macht. Dort entfernt sich der
Fluss vom Deich. Wenn Du dem Deich folgst, geht nach einiger
Zeit ein Weg ab in die Richtung des Flusses. An diesem Weg
gibt es Felder und Büsche und Teiche und viele friedliche
Tiere." „Danke, Meisenmutter", sagte das Huhn. Es ging zu den
Körnern und fing an zu picken. Da ertönte aus dem Baum das
Lied, an dem Regenwurm, Huhn und Meisenmann mitgewirkt
hatten:

Zi **Zieh** *dä* **Zi** Zi **Däh** *hä*

Zi **Zieh** *dä* **Zi** Zi **Däh**.

Zieh *dä* **Zi** Zi **Däh** *hä*

Zi **Zieh** *dä* **Zi** Zi **Däh**.

Das Huhn pickte weiter und das Lied ertönte so lange, bis es
aufgegessen hatte. Das Huhn schaute nach oben. „Vielen Dank,
Ihr Meisen. Ihr habt mir den Abschied so richtig schwer
gemacht. Aber ich muss weiter. Macht's gut!" „Abschiedshuhn,
Abschiedshuhn", riefen die Meisenkinder hinter dem Huhn her.
Das aber beeilte sich fortzukommen. Es hatte gesehen, dass die
Sonne langsam tiefer ging, und wollte an diesem Tag noch bei
den Feldern, Büschen, Teichen und den friedlichen Tieren
ankommen.

Das Huhn überquerte den Deich, bevor es auf der Höhe des Hühnerhofes war. Es wollte den Hühnerhof nie wieder sehen. Es ging auf der Flussseite entlang. Der Fluss machte eine Ausbuchtung in die Richtung des Deiches. Es sah wie ein kleiner Hafen aus. Aber da standen Bagger und Förderbänder. Das Huhn sah sich das an. Menschen waren an diesem Tag nicht zu sehen. Vögel flogen durch die Luft. Manchmal ließen sie sich nach unten fallen. Dann schwebten sie wieder nach oben. Manchmal riefen sie etwas. Es klang wie „Kuwitt, kuwitt." Das Huhn ging weiter. Wie die Meisenmutter gesagt hatte, machte dann der Deich einen Knick und der Fluss entfernte sich vom Deich. Zwischen Fluss und Deich kamen Felder und Teiche und kleine Wäldchen und Gebüsche. Es sah gut aus. Das Huhn ging immer weiter. Es kam der Weg, von dem die Meisenmutter gesprochen hatte. Der Weg führte in dieses Gebiet hinein. Das Huhn ging vom Deich hinunter und folgte diesem Weg.

Eine große Wiese kam. Das Gras sah richtig grün aus. Aber das Huhn sah auch, dass die Wiese nass war. Große Wasserpfützen standen in der Wiese. Zwei große weiße Vögel standen auf der Wiese. Sie bewegten sich nicht. Sie standen nur da und schauten auf das, was vor ihnen war. Und dann, ganz schnell, bewegte einer von diesen Vögeln seinen Hals und Schnabel nach unten. Er hatte etwas gefangen. Dann machte er den Kopf nach oben und schluckte. Das Huhn sah, wie der Hals erst oben dicker wurde. Dann ging das Dicke des Halses nach unten. Dann war es verschwunden. Das Huhn hatte diese Vögel noch nie gesehen. Es kannte die grauen Reiher, die manchmal über dem Hühnergarten geschwebt waren, aber diese weißen Reiher kannte es nicht. Es wurde neugierig. Es ging über die Wiese. Es platschte, als es durch eine Pfütze gehen musste. Dann erreichte es diese beiden Vögel. „Hallo", sagte es. Das hörte sich höflich an. Einer der weißen Reiher gab einen Grunzton von sich. „Ich bin das Huhn", sagte das Huhn. „Und wer seid Ihr?" „Du störst uns bei unserer Ernährung", sagte der eine weiße Reiher. „Könntest Du nicht zu dem Weg zurückgehen, auf dem Du gekommen bist?" „Ich habe Euch hier gesehen", sagte das Huhn, „und wollte eigentlich nur wissen, was für Tiere Ihr seid. Ich wollte nicht stören." „Du störst aber", sagte jetzt der zweite weiße Reiher. „Wir sind sehr seltene Tiere und es kommen viele Menschen hierher, um uns zu sehen." „Wie heißt Ihr denn?", fragte das Huhn. „Wir sind Silberreiher", sagte jetzt wieder der andere, „das kannst Du an unserem weißen Gefieder und unserem gelben Schnabel sehen." „Und was habt Ihr da hinten auf Eurem Hinterkopf drauf, was ist das für ein Schopf?" Beide Silberreiher waren entrüstet. „Das sind Schmuckfedern, die machen uns erst richtig prächtig und schön", sagten sie beide zusammen. Sie fragten das Huhn, was es denn wäre.

Da sagte das Huhn zu den beiden. „Ich bin das Huhn. Und ich bin das Reisehuhn und das Singehuhn. Und wenn Ihr meint, Ihr wäret selten, dann sage ich Euch eines: Mich gibt es nur einmal." Das Huhn machte eine Pause. „Ich werde mich jetzt aus dem Staub machen und zu dem Weg zurückgehen. Aber vorher werde ich Euch ein Lied singen. Könnt Ihr denn auch singen?" „Das brauchen wir nicht zu können", sagte einer der Silberreiher. „Wir sind schön und selten. Das reicht uns." „Mir aber nicht", sagte das Huhn. Es tippelte los in die Richtung des Weges, von dem es gekommen war. Auf halbem Wege drehte es sich um und sang sein Lied:

Ihr Reiher auf der Wiese

Ihr denkt, Ihr seid so schön

Doch Schönheit nur und Wiese

Da will ich besser gehen.

Die Reiher grunzten ärgerlich, aber das Huhn hatte schon den Weg erreicht und ging weiter.

Erst war der Weg mit Teer bedeckt. Das tat nach einiger Zeit an den Hühnerkrallen weh. Aber dann kam eine Strecke mit kleinen Steinen. Neben dem Weg waren Büsche. Da zwitscherte und piepte es drin, aber das Huhn konnte nicht erkennen, wer denn genau darinnen saß. Es klang anders als bei den Meisen. Das Huhn ging weiter. Ein kleiner See kam. Da waren Enten drauf. Das Huhn ging an das Ufer des Sees und sah den Enten zu. Die waren kleiner als die Enten an dem Gewässer bei www.pommeswurst.de. Sie waren mehr braun. Einige hatten ein gelbes Dreieck auf der Stirn. Die Enten wirkten nicht so eingebildet wie die Reiher. „Hallo", sagte das Huhn. Es wollte höflich sein. „Piöhh", machten die Enten und kamen näher geschwommen. Sie unterhielten sich in einer fremden Sprache. „Ich bin das Huhn", sagte das Huhn. „Piöhh", machten die Enten wieder. „Könnt Ihr mir denn nichts sagen?" Aber die Enten konnten nichts anderes sagen als „Piöhh" und die fremde Sprache. „Dann muss ich weiter", sagte das Huhn. Eine Ente kam zu dem Huhn geschwommen. In ihrem Schnabel hatte sie einen großen Käfer. Den legte sie am Ufer vor das Huhn. „Finde ich gut", sagte das Huhn und: „Freundschaft", und verzehrte diesen Käfer. Es bekam langsam wieder Hunger. Aber mehr war von diesen Enten nicht zu erfahren. Das Huhn winkte den Enten zu und machte sich daran, um diesen kleinen See herumzutippeln.

Ein großer Vogel schwebte in der Luft. Er machte ganz laut „Hi ähh". Das Huhn kannte diesen Vogel nicht, aber er sah von unten so aus, als sei er mit Habicht und Sperber verwandt. Es wollte gut aufpassen auf diesen Vogel. Überhaupt wollte es jetzt wieder mehr in die Luft gucken. Es dachte an das

Wäldchen hinter dem Hasenfeld. Da hörte es vor sich, wie jemand weinte. Das Huhn ging näher. Da saß eine Maus auf dem Feld neben dem See. Die Maus weinte und weinte. Dem Huhn tat die Maus leid. „Warum weinst Du denn so, Du Maus?", fragte das Huhn. Aber die Maus weinte weiter, ganz bitterlich. Das Huhn blickte nach oben zu dem großen Vogel und dann zu der Maus. „Hat das mit diesem Vogel zu tun?" Die Maus weinte weiter. Sie murmelte etwas, aber das Huhn konnte es nicht verstehen. Die Maus zeigte nach oben. „Pass mal auf", sagte das Huhn, „ich glaube schon, dass Dein Weinen mit diesem großen Vogel da oben zu tun hat. Aber wir sollten jetzt beide gehen. Ich weiß nicht, was dieser Vogel noch alles machen will." Die Maus weinte weiter, aber nicht mehr ganz so stark wie vorhin.

Das Huhn fragte weiter. Es wollte etwas fragen, was nicht mit diesem großen und gefährlichen Vogel über ihnen zu tun hatte, etwas, mit dem die Maus sonst zu tun hatte. „Wo sind denn Deine Kumpels?", fragte es. Es wollte die Maus und sich selbst aus dieser Gefahr bringen. Aber da rief die Maus, „Da oben drin!", und weinte noch stärker als zuvor. „Pass mal auf", sagte das Huhn jetzt zum zweiten Mal, „wenn wir jetzt nicht gehen, dann sind wir auch noch in dem da oben drin." Aber die Maus weinte und weinte und wollte auf keinen Fall mit dem Huhn mitgehen. Da musste das Huhn sich etwas anderes einfallen lassen. „Sag mal", sagte das Huhn zu der Maus, „bist Du auch so musikalisch wie andere Mäuse? Ich weiß, dass Mäuse sehr musikalisch sein können und gerne Lieder hören. Ist das bei Dir auch der Fall?" Die Maus überlegte. Für einen Augenblick flossen weniger Tränen über die Mäusewangen. „Mäuse sind sehr musikalisch", sagte die Maus, „sie hören gerne Lieder, aber singen können sie nicht so gut." „Das habe ich mir gedacht", sagte das Huhn, „deswegen habe ich mir ein Mäuselied ausgedacht. Willst Du es hören?" Aber die Maus schüttelte den Kopf und wollte wieder anfangen zu weinen. „Dann hör es Dir trotzdem an", sagte das Huhn. Es wollte einen Ausweg für die Maus finden.

Die Maus, die muss viel weinen

Das findt das Huhn nicht schön

Doch mit den kleinen Beinen

Da muss die Maus jetzt gehn.

„Das hört sich schön an", sagte die Maus. „Ich kenne noch mehr Lieder und so viele, die kann man an einem Tag gar nicht singen", sagte das Huhn. Das erste Teil stimmte zwar, aber der zweite Teil war gelogen. Aber das Huhn wollte nicht, dass die Maus gefressen würde. „Ich gehe jetzt vor und Du folgst mir. Und dann werden wir weitersehen."

Das Huhn ging einfach los und hoffte, dass die Maus ihm folgte. Es konnte aber nicht die Geräusche von Mäusepfoten hinter sich hören. Es kam ein großes Gebüsch. Das Huhn ging darauf zu. Es duckte sich unter den Zweigen und blickte sich um. Die Maus war dicht hinter dem Huhn und kam auch unter die

Zweige. Es wurde langsam dunkel. Das Huhn und die Maus saßen unter den Zweigen und sprachen nicht. Dann steckte das Huhn seinen Kopf unter sein Gefieder und wollte einschlafen. Aber bevor es eingeschlafen war, hob es seinen Kopf noch einmal aus seinem Gefieder heraus. Es sah, dass die Maus eingeschlafen war.

Einhuhn und Diemaus

Ab und zu wurde das Huhn während der Nacht aufgeweckt. Die Maus quiekte und piepste im Schlaf. Aber wenn das Huhn dann richtig wach war, hörte es wieder die gleichmäßigen Atemzüge der Maus. Dann versuchte das Huhn weiterzuschlafen. Am frühen Morgen spürte das Huhn, wie es am Flügel gezupft wurde. Es machte seine Augen auf. Die Maus war es, die zupfte. „Aufwachen, Huhn", sagte die Maus, „ich habe gerade eine Stelle gefunden, an der Körner liegen. Es ist gleich hinter dem Gebüsch." Das Huhn plusterte sich, wie es das morgens immer tat. Dann folgte es der Maus. Sie gingen um das Gebüsch herum, in dem sie übernachtet hatten. Da lagen viele Körner. „Habe ich gerade entdeckt", sagte die Maus. Sie sprach sehr undeutlich, denn sie hatte sich schon den Mund voller Körner geladen. Die Maus schluckte herunter. „Ich bin kurz vor Dir aufgewacht. Dann habe ich gedacht, ich gucke schon mal nach dem Frühstück." „Hast Du gut gemacht", sagte das Huhn, nachdem es ein Körnchen heruntergeschluckt hatte.

Das Huhn pickte weiter und die Maus schob sich die Körner mit den Pfoten in den Mund. Nach einiger Zeit waren beide satt. Es sah so aus, als würde dieser Tag schön werden. Die Sonne kam heraus, obwohl es noch früh am Morgen war. „Wir könnten Lieder singen", sagte das Huhn, „und dabei könnte ich Dir von meiner Hühnerreise erzählen." „Aber wir setzen uns am besten unter die Büsche, unter denen wir übernachtet haben", sagte die Maus und warf einen Blick in den Himmel. „An einem geschützten Platz lässt es sich am besten singen", sagte das Huhn. Sie setzten sich unter die Büsche. Und dann sang das Huhn der Maus alle Lieder vor, die es kannte. Erst kamen die Lieder von dem Regenwurm und die, die das Huhn dazu gedichtet hatte, dann folgte das Pommeswurstlied und dann das Entenlied. Und dann sang das Huhn der Maus das Hasenlied vor und das, was der Junghase Felix gesungen hatte. Und das

Huhn erzählte der Maus auch die Erlebnisse, die mit diesen Liedern zusammenhingen. Nach der Hasengeschichte machte das Huhn eine Pause. Es stellte fest, dass es auf dieser Reise schon viel erlebt hatte und vielen Lebewesen die Melodie des Regenwurms und seine eigenen Lieder vorgesungen hatte. Auch die Maus konnte jetzt schon das Lied vom Gartenhuhn mitsingen.

Die Sonne stand schon über ihnen, als das Huhn und die Maus noch einmal zu den Körnern gingen. Es waren immer noch mehr Körner da, als die beiden essen konnten. Aber die Körnermenge war auch ohne die beiden weniger geworden. Kleine Vögel kamen herbei, um zu picken. Da nahm die Maus ein großes Blatt und legte so viele Körner darauf wie es ging. „Für das Abendessen", sagte sie, „wer weiß, ob heute Abend noch Körner da sind." Gemeinsam rollten sie das Blatt mit den Körnern zusammen. Das trugen zu den Büschen und setzten sich hin. Das Huhn erzählte weiter und sie sangen zusammen. Und die Maus sang mit, soweit sie konnte. Manchmal lachte sie auch trotz der großen Ringe, die sie unter den Augen hatte. Das Huhn sang das Lied von der Mausassel und erzählte die Geschichte dazu, dann war der Akki an der Reihe, dann alle Meisenlieder und dann die Geschichte vom Hühnerhof. „Da waren die Hühner aber so richtig sauer", meinte die Maus. „Ich finde es gut, dass Du dort nicht geblieben bist." „Ja", sagte das Huhn, „da wollte ich nicht bleiben, auch wenn ich mich ursprünglich auf einen Hühnerhof zum Bleiben gefreut hätte." „Vielleicht ergibt sich ja noch etwas anderes", sagte die Maus. „Klar", sagte das Huhn. Es dachte daran, dass die Maus im Augenblick auch keinen Grund hatte, fröhlich zu sein, aber trotzdem nicht mehr weinte. Es sang der Maus zum Schluss das Lied von den Reihern vor, denn das Mäuselied wollte es nicht erwähnen. „Ich werde aber jetzt keine Lieder mehr singen, um andere zu ärgern", sagte das Huhn, „ich werde meine Lieder nur noch singen, um andere fröhlich zu machen." „Finde ich sehr gut", sagte die Maus, „Deine Lieder sind zum Ärgern auch viel zu schade", und summte die Melodie des Liedes vor sich hin.

Die Maus stand auf und holte das Blatt mit den Körnern hervor. „Abendessen", sagte sie nur. Das Huhn blickte nach oben. Die Sonne war dabei unterzugehen. „Ich hätte gar nicht gedacht, dass man einen ganzen Tag mit Singen und Erzählen verbringen kann", sagte das Huhn. „Ich auch nicht", sagte die Maus, „aber ich finde es ganz prima. Ich wusste gar nicht, dass Hühner so gut singen und erzählen können." Das Huhn wollte nicht verlegen werden. So half es der Maus, das Blatt auszurollen. Dann nahmen sie ihr Abendessen ein. Als es dunkel geworden war, legten sie sich hin, und in dieser Nacht hörte das Huhn, wenn es mal wach war, nur gleichmäßige Atemzüge von der Maus.

Am nächsten Morgen wachte das Huhn vor der Maus auf. Es ging um die Büsche herum, um nachzusehen, ob denn noch Körner da wären. Aber es waren keine Körner mehr da. Andere Tiere hatten die Körner verzehrt. Das Huhn sah nach rechts und nach links, was es denn sonst zum Frühstück geben könnte. Aber da war nichts. Dann blickte das Huhn nach oben. Ganz oben über ihm in dem Busch waren rote Beeren. Und der Busch daneben trug schwarze Beeren, aber auch ganz weit oben. „Frühsport", sagte sich das Huhn. Es ging ein wenig zurück und bewegte seine Flügel ganz kräftig, so, wie es das vor dem Meisenbaum getan hatte. Und schon saß das Huhn auf dem ersten Busch mit den roten Beeren. Es hielt sich gut fest und biss mit seinem Schnabel die Stiele, die die roten Beeren trugen, einfach durch. Die Beeren fielen zu Boden. Und dann burrte das Huhn auf den nächsten Busch und machte es genauso. Die schwarzen Beeren fielen zu Boden. „Super", rief es von unten. Die Maus stand unter den Büschen und legte die Beeren auf ein großes Blatt. „Komm wieder runter, dann tragen wir die Beeren gemeinsam zu unserem Quartier." Das Huhn flog von dem Busch mit den schwarzen Beeren herunter, aber es passte genau auf, damit es nicht wieder zum Plumpshuhn wurde. Das Huhn pickte schnell ein paar Beeren für den größten Hunger und die Maus stopfte sich einige Beeren in den Mund. Dann zogen sie das zusammengerollte Blatt mit den Beeren in ihr Quartier. Sie wollten das Frühstück in Ruhe beenden.

Aber die Maus hatte noch eine Idee. „Einen Moment", rief sie. Sie flitzte los und kam nach einiger Zeit mit einer großen Möhre zurück. Die Möhre hielt sie mit dem Mund am Stiel fest und zog sie hinter sich her. „Da vorne hatte ich eine Pferdewiese gesehen. Wo Pferde sind, gibt es Hafer oder Möhren. Das weiß ich. Heute gab es für die Pferde Möhren. Und jetzt gibt es für die Mäuse Möhren." Die Maus knabberte an der Möhre herum und das Huhn pickte an den Beeren. „Willst Du etwas Möhre?", fragte die Maus. Sie hatte schon die erste Hälfte der Möhre aufgeknabbert. „Nein, lass nur, ich esse sehr gern von den Beeren", sagte das Huhn. Nach einiger Zeit waren Möhre und Beeren weg. Das Huhn und die Maus lehnten sich zurück. Die Maus faltete ihre Pfoten über dem Bauch. „Mit einer so leckeren Mäuseknabbermöhre fängt der Tag gut an." „Die Beeren waren auch ausgezeichnet", ergänzte das Huhn. Die beiden lagen ganz gemütlich da. „Hast Du auch einen Namen?", fragte die Maus nach einiger Zeit. „Ich bin ein Huhn", sagte das Huhn. „Und hast Du denn einen Namen?", fragte es zurück. „Ich bin die Maus", sagte die Maus. Das Huhn überlegte einige Zeit. „Ich könnte Dich Diemaus nennen", sagte es zur Maus. Da musste die Maus etwas überlegen. „Das ist ein Wortspiel", sagte sie dann. „Stimmt", sagte das Huhn. Die Maus überlegte weiter. „Dann werde ich Dich Einhuhn nennen", sagte sie. Da musste das Huhn überlegen. „Das war auch ein Wortspiel", sagte es. „Stimmt", sagte die Maus. Das Huhn dachte weiter nach. „Findest Du Einhuhn und Diemaus schön?", fragte es die Maus. „Nicht besonders", sagte die Maus. „Ich auch nicht", sagte das Huhn. „Aber es ist ein schönes Wortspiel", sagte die Maus. „Ja", sagte das Huhn, „aber wir sollten diese Anrede nur ab und zu benutzen."

Als sie sich vom Frühstück ausgeruht hatten, fing die Maus auf einmal an, aus ihrem Leben zu erzählen. Und die Maus erzählte und erzählte und das Huhn hörte zu. Und die Maus war auch so tapfer, das Erlebnis mit dem großen, gefährlichen Vogel zu erzählen. Aber als sie damit fertig war, tropften ihr doch einige Tränen über die Mäusewangen. Das Huhn nahm seinen Flügel und wischte die Tränen mit seinen Federn weg. „Der Mäusebussard ist für uns Mäuse gefährlich", sagte die Maus. „Ich werde mithelfen, auf den Mäusebussard aufzupassen", sagte das Huhn. Es stand auf. „Ich würde mich gern ein wenig in dieser schönen Gegend umgucken. Vielleicht kann ich ja hier bleiben." „So gerne bin ich in dieser Gegend nicht", sagte die Maus. „Vielleicht verstehst Du mich. Das hat mit dem Mäusebussard und meinen Kumpels zu tun." „Kann ich verstehen", sagte das Huhn, „wenn Du woanders hin willst, könnte ich Dich ja mitnehmen." „Ich glaube, das ist keine gute Idee", sagte die Maus, „weißt Du, Hühner und Mäuse sind doch zu verschieden. Das passt nicht." „Du hast recht", sagte das Huhn, „das passt wirklich nicht. Hühner und Mäuse sind viel zu verschieden." Sie gingen aber trotzdem zusammen los. Sie kamen an den Weg, auf dem das Huhn gekommen war. Auf dem Weg gingen sie weiter. Der Weg führte sie zu einem kleinen Deich und über diesen hinweg. Hinter dem kleinen Deich war Grünland zu sehen, dahinter der Fluss. „Am besten

gehst Du nach rechts und ich nach links", sagte das Huhn. „Wir
können wirklich nicht zusammen weitergehen." „Nein", sagte
die Maus, „völlig unmöglich." „Genau", sagte das Huhn,
„völlig unmöglich." Dann gingen sie zusammen geradeaus und
erreichten den Fluss. Es fing an zu regnen. Der Regen wurde
stärker. Das Huhn sammelte kleine Stöckchen, die am Ufer des
Flusses lagen. Die legte es aufeinander und steckte sie
zusammen. Und die Maus holte Moos herbei. Das legten sie
darauf. Jetzt hatten sie eine kleine Hütte. Sie setzten sich
darunter. Es war nicht mehr nass, aber es wurde ein wenig kalt.
Der Regen ließ nach. Dann hörte er auf. Es wurde dunkel. Der
Mond kam heraus und spiegelte sich in dem Fluss. Es sah schön
aus. „Einhuhn und Diemaus am Fluss mit dem Mond", sagte
einer von den beiden. Und sie blickten auf den Fluss mit dem
Mond. Dann lehnte sich die Maus ein bisschen an das
Hühnergefieder an und das Huhn lehnte sich ein bisschen an
das Mäusefell an.

Der Uhu

Der nächste Morgen kam. Das Huhn und die Maus hatten in ihrer kleinen Mooshütte am Fluss lange geschlafen. Sie wachten erst auf, als die ersten Sonnenstrahlen ihre Nasen kitzelten. Das Huhn nieste einige Male, dann plusterte es sich. Und die Maus streckte sich und gähnte noch einmal. „Jetzt bin ich munter", sagte sie. „Hast Du Hunger?", fragte das Huhn. Es hatte in der Nähe einen Busch mit roten Beeren entdeckt. „Großen Hunger", sagte die Maus, „so richtigen Frühstückshunger." „Dann will ich mal wieder zum Frühsport", sagte das Huhn und wollte gerade in die Richtung des Busches tippeln und hochfliegen, da sah es Gefahr. „Schnell auf meinen Rücken", rief es der Maus zu. Und die Maus reagierte blitzschnell. In Windeseile war sie auf den Rücken des Huhns gesprungen und hielt sich gut fest, denn das Huhn war schon dabei, sich vom Boden zu erheben. Dann waren die beiden in der Luft und landeten sicher auf dem Busch mit den roten Beeren. Unten stand ein Fuchs und guckte enttäuscht nach oben.

„Das war knapp", murmelte das Huhn noch außer Atem. „Sehr knapp", murmelte jetzt die Maus, „und noch mal Dankeschön. Du hast mir zum zweiten Mal das Leben gerettet." „Quatsch", sagte das Huhn. Das, was die Maus gesagt hatte, war ihm peinlich. Es wollte ablenken. „Da vorne ist ein Vogelnest", sagte es zu der Maus, „da flattere ich mal hin. Du hältst Dich weiter gut fest. Da können wir frühstücken." Das Huhn flatterte mit der Maus auf dem Rücken zu dem Vogelnest, das es gesehen hatte. Das Nest war leer. Die Maus stieg vom Rücken des Huhns herunter. Die beiden setzten sich in das Vogelnest hinein. Die Maus zitterte ein wenig. Das Huhn machte sich Sorgen. „Ist was mit Dir?", fragte es die Maus. „Gar nichts", sagte die Maus. „Es ist nur so: Immer, wenn ich vor dem Frühstück eine Flugreise mache, wird mir ein wenig schwindelig. Aber das geht vorbei. Ich bin daran gewöhnt." „Dann bin ich beruhigt", sagte das Huhn. Die beiden fingen an zu lachen und konnten gar nicht mehr aufhören.

Irgendwann hatten sie zu Ende gelacht. Über ihnen waren rote Beeren. Die brauchten sie nur herunterzuziehen. Die Maus stopfte sich die Beeren in den Mund und das Huhn pickte die Beeren mit dem Schnabel ab. Als sie satt waren, lehnten sie sich zurück. Die Sonne schien weiter. Es war schön warm und behaglich. Die Maus fragte, „Wie sollen wir es mit dem Rückweg machen?" „Ganz einfach", sagte das Huhn, „wenn wir hier fertig sind, dann schubse ich Dich aus dem Vogelnest und schaue zu, wie Du von dem Busch auf den Boden fällst." „Genau das wollte ich hören", sagte die Maus, „dann will ich mich vorher aber lieber noch etwas ausruhen." Die beiden mussten wieder lachen. Die Sonne schien von oben in das Nest und wärmte die beiden. Das Huhn hatte eine Idee. „Mir ist ein neues Lied eingefallen. Willst Du es hören?" „Gern", sagte die Maus. Das Huhn fing an:

Das Huhn, die Maus, die Sonne

Die sitzen alle hier

Die Maus, das Huhn, die Sonne

Die sitzen gerne hier.

„Sehr schön", sagte die Maus, „das gefällt mir. Das singen wir jetzt gemeinsam." Und sie sangen das Lied von der Sonne gemeinsam, erst einmal und dann immer wieder, bis die Sonne sich hinter einer dicken Wolke versteckt hatte. Das Huhn stand auf. „Abflug", sagte es zur Maus. Es blickte nach unten, ob der Fuchs auch wirklich weg war. Aber es war kein Fuchs mehr zu sehen. Die Maus erhob sich auch und wollte auf den Rücken des Huhns klettern. Doch dann sah die Maus, wie auf der Stelle, auf der sie gesessen hatten, kleine weiße Tierchen, die man kaum sehen konnte, auf und nieder hüpften. Das Huhn sah diese Tierchen auch. „Ich denke, wir waren lange genug in diesem Vogelnest", sagte es. Es nahm die Maus auf den Rücken und flatterte ganz sanft auf den Boden. Dann gingen die beiden weiter. Sie folgten dem Strom in die Richtung, in der er floss. Die Maus stellte fest, dass ihr Po und Rücken juckten und dort viele Stiche von den kleinen weißen Tierchen vorhanden waren. Und das Huhn bemerkte dasselbe an seiner Hinterseite. Ab und zu schlug sich die Maus mit den Pfoten auf die juckenden Stellen, um den Juckreiz zu lindern. Das Huhn machte es ähnlich, aber dann hatten sie so viel damit zu tun, den richtigen Weg zu finden und auf Gefahren aufzupassen, dass sie den Juckreiz vergaßen.

Sie folgten weiter dem Fluss. Das Huhn tippelte und die Maus lief auf ihren Pfoten neben dem Huhn her. Wenn der Weg enger wurde, ging mal das Huhn vor und mal die Maus. Als die Sonne über ihnen stand, sahen sie von weitem eine große Stadt, die direkt am Fluss lag. Die beiden wollten die Stadt umgehen. Sie verließen den Fluss. Erst kam ein Wald. Durch den gingen sie hindurch. Dann kamen Felder. Die überquerten sie. Es war anstrengend, denn der Boden war feucht und sie hatten manchmal Mühe, die Beine wieder aus dem Boden herauszuziehen. Als die Felder hinter ihnen lagen, kam ein Weg. Auf dem Weg konnten die beiden besser laufen. Es kam eine Baumreihe, dann ein Gebüsch. Und dann war der Weg zu Ende. Ein großer Fluss lag vor den beiden. Es war nicht der Fluss, den sie verlassen hatten. Dieser Fluss war ganz klar. Sein Wasser schimmerte blau. Er sah schön aus, wenn nicht die starke Strömung gewesen wäre. Die beiden schauten auf den

Fluss. Keiner sagte etwas. Jeder machte sich seine eigenen Gedanken. Dann sagte die Maus etwas. „Durchschwimmen können wir nicht. Die Strömung ist zu stark." „Du hast recht", sagte das Huhn. „Aber ich kann auch nicht so gut fliegen, dass wir beide heil auf der anderen Seite ankommen." Dann schwiegen die beiden wieder und blickten in das blaue Wasser hinein. Die Sonne stand tiefer. Bald würde sie untergehen. Das Huhn und die Maus blickten sich an. „Und?", fragte das Huhn. „Nur Mut", sagte die Maus. „Wir sollten es versuchen." „Ich habe auch daran gedacht", sagte das Huhn, „aber ich weiß nicht, ob ich es schaffen werde." „Klar schaffst Du das", sagte die Maus, „so, wie Du auf den Busch geflogen bist, das war Spitzenklasse. Da wird Dich dieser kleine Fluss wohl nicht abschrecken. Außerdem tätest Du mir einen Gefallen. Weißt Du, abends fliege ich am liebsten." „Wenn das so ist, wollen wir es versuchen", sagte das Huhn. Die Maus setzte sich auf den Rücken des Huhns. Das Huhn war froh, dass die Maus ihm Mut gemacht hatte. Aber es hatte auch bemerkt, dass die Maus ein bisschen zitterte.

Das Huhn schlug mit den Flügeln. Und dann waren die beiden in der Luft. Es war ein weiter Weg über den blauen Fluss. Das Huhn schlug mit aller Kraft mit seinen Flügeln. „Die Hälfte haben wir schon", rief die Maus dem Huhn zu. Das Huhn konnte nicht antworten, denn der Flug war sehr anstrengend. Die Flügel begannen zu schmerzen, aber das Huhn wollte durchhalten. Es merkte aber, dass das Fliegen immer und immer anstrengender wurde. Jetzt kam noch Wind von vorne. Das Huhn kämpfte mit dem Wind und mit dem Nachlassen der Kräfte. Das andere Ufer kam näher und näher. Doch dann kam eine Windbö. Die Flugreise war zu Ende. Das Huhn und die Maus fielen in das Wasser des blauen Flusses. „Platsch", machte es zwei Mal. Das Huhn hatte seine Augen zugemacht.

„Jetzt ist die Hühnerreise zu Ende", dachte es bei sich. Und für die Maus tat es ihm auch leid. Es hatte die Augen immer noch geschlossen, als es am Flügel gezupft wurde. Es machte die Augen auf. Die Maus stand im seichten Wasser des Flusses kurz vor dem Ufer. „Denn Rest schaffen wir zu Fuß", sagte die Maus. Das Huhn konnte es immer noch nicht glauben. Es hatte Boden unter seinen Füßen. Die Maus zog das Huhn weiter in die Richtung des Ufers. Dann hatten die beiden das Ufer erreicht. Ein wenig weiter war Gras. Das Huhn war sehr müde. Die Maus zog noch ein wenig und als sie das Gras erreicht hatten, ließ sich das Huhn einfach fallen. Es schnappte nach Luft. Am liebsten wollte es weinen. Aber es war auch ein bisschen stolz.

„Das war anstrengend", sagte das Huhn. „Ich hatte zwischendurch nicht gedacht, dass wir es noch schaffen würden." „Denk nicht darüber nach", sagte die Maus, „wir haben es geschafft." Die Maus machte eine Pause. „Du allein hast es geschafft." „Ich bin zu müde, um darüber nachzudenken, wer es geschafft hat", sagte das Huhn. „Ruh Dich erst einmal aus", sagte die Maus, „ich finde es auf jeden Fall gut, dass wir an diesem Ufer heil angekommen sind. Außerdem finde ich es sehr aufmerksam von Dir, dass Du mir nach dieser langen und staubigen Flugreise noch ein Bad ermöglicht hast." Die beiden lachten wieder, aber beide waren müde und erschöpft. Sie lagen im Gras. Die letzten Sonnenstrahlen schienen auf sie herunter. Das Huhn hatte seine Augen etwas geschlossen. „Weißt Du, wovon ich gerade träume?", fragte das Huhn die Maus. „Erzähle", sagte die Maus. „Von einem ruhigen und friedlichen Hühner- und Mäusehof, in dem man ausschlafen und Lieder singen und Körner picken kann." „Das kann ich verstehen", sagte die Maus, „und was ist mit Abenteuern?" „Abenteuer ja", sagte das Huhn, „aber nicht jeden Tag so viele wie in der letzten Zeit." „Das geht mir auch so", sagte die Maus, „so ein bisschen Ruhe im Leben, das stelle ich mir sehr schön vor. Ich finde es auch gut, dass Du auf einen Hühner- und Mäusehof willst und nicht auf einen reinen Hühnerhof. Ich würde auch einen Mäuse- und Hühnerhof bevorzugen und nicht einen reinen Mäusehof." „Wenn ich ehrlich bin", sagte das Huhn, „um einmal bei unserem Wortspiel zu bleiben, würde mir auch ein Einhuhndiemaushof reichen." „Das geht mir ähnlich", sagte die Maus.

Es wurde ganz dunkel über den beiden. Ein großer Vogel war lautlos heran geschwebt gekommen und setzte sich neben die beiden. Das Huhn und die Maus zuckten zusammen. Der Vogel schien sehr, sehr gefährlich zu sein. Er war sehr groß und hatte stechende, rote Augen. Mitten im Gesicht war ein großer, gekrümmter Schnabel zu sehen. Und auf dem Kopf hatte er zwei Pinselohren. Die standen nach oben. „Keine Angst", sagte der große, gefährlich aussehende Vogel zu den beiden. „Ich bin satt. Wenn ich Euch hätte fressen wollen, dann wäret Ihr schon weg. Aber ich bin satt. Ihr habt Glück." „Dankeschön", sagte das Huhn. Für heute waren ihm die Abenteuer zu viel geworden. Aber die Maus war nicht zufrieden. „Hast Du uns etwa belauscht?", fragte sie. „Sicher", sagte der große Vogel. „Ich bin ein Uhu, und wir Uhus können sehr gut hören. Ich hätte vielleicht für Euch eine Lösung, aber wir sollten uns erst einmal kennenlernen." Die Maus fragte weiter. „Findest Du es gut, andere zu belauschen?" „Ach", sagte der Uhu, „wenn Du es so siehst, dann ist es natürlich nicht richtig, andere zu belauschen. Aber ich habe nun mal sehr gute Ohren, da entgeht mir nichts. Und – wie ich schon sagte – ich bin satt. Gestern habe ich zu viel und zu fett gegessen. Da will ich heute einmal Diät machen. Also, wenn es Dich zufrieden macht, oder besser gesagt, Euch, dann will ich mich entschuldigen." „Angenommen", sagten das

Huhn und die Maus wie aus einem Munde. Der Uhu lachte. „Habe ich noch nie gemacht, mich bei jemandem zu entschuldigen, den ich nicht gefressen habe. Aber Ihr gefallt mir. Ihr seid mutig. Ihr seid über den Fluss der Wahrheit hierhin gekommen. Das schaffen nur wenige."

Jetzt war das Huhn neugierig. „Was ist mit dem Fluss der Wahrheit?" „Erzähle ich später", sagte der Uhu. „Erst mal erzählt Ihr mir von Euch und dann sehe ich zu, was ich für Euch tun kann. Aber bevor wir plaudern, kommt Ihr erst mit." Es war dunkel geworden, aber der Mond schien so hell, dass das Huhn und die Maus dem Uhu folgen und dabei den Weg sehen konnten. Der Uhu flog ein Stück vor und wartete auf die beiden. Sie kamen an einen Platz, an dem Körner lagen. Das Huhn und die Maus stärkten sich und der Uhu sah zu. Das Ganze dauerte eine ganze Weile, denn die beiden merkten beim Essen, dass sie doch sehr viel Hunger bekommen hatten. Dann lud der Uhu das Huhn und die Maus ein, sich zu ihm zu setzen. Er fragte das Huhn: „Weißt Du, warum ich so lautlos fliegen kann?" Das Huhn wusste es nicht. „Das liegt daran, dass meine Federn alle einzeln stehen. Wenn Du als Huhn fliegst, dann burrt es. Und bei den Meisen burrt es auch. Deine Federn liegen fest aneinander. Dafür sind Deine Federn auch fester als meine." „Ach", sagte das Huhn, „ich habe mit meinen Federn schon Mühe gehabt, den Fluss der Wahrheit zu überqueren." „Den Fluss der Wahrheit überqueren nur wenige Tiere", sagte der Uhu, „das ist schon eine gute Leistung. Aber jetzt will ich noch etwas fragen. Gerade, als ich Euch, ohne es zu wollen, belauscht habe, hast Du davon erzählt, dass Du Lieder singen kannst. Das würde mich interessieren." Das Huhn war im Grunde sehr müde, aber bei dem Gedanken an Lieder wurde es wieder munter. Es erzählte dem Uhu von seinen Erlebnissen und seinen Liedern. Und die ganze Nacht sangen das Huhn und die Maus dem Uhu ihre Lieder vor. Nur der Uhu konnte nicht mitsingen, denn so musikalisch sind Uhus nicht. Aber er brummte die Melodie mit. Und die Maus erzählte ihre Geschichte und der Uhu erzählte auch etwas von sich.

Dann machte der Uhu eine Pause. „Ich will Euch etwas erzählen. Ihr habt den Fluss der Wahrheit ja schon überquert und Ihr seid in seinem Wasser geschwommen. Da vorne mündet der Fluss der Wahrheit in den Strom der Verwandlung. Wenn zwei Lebewesen gleichzeitig in den Strom der Verwandlung hineinspringen, sich festhalten und sich in demselben Augenblick dasselbe wünschen, dann geht das in Erfüllung. Es muss nicht genau dasselbe mit den Worten sein, es reicht, wenn beide an dasselbe denken." Das Huhn und die Maus schwiegen. Viele Gedanken gingen durch ihre Köpfe. Der Uhu schwieg auch. Dann sagte er: „Für so etwas braucht man viel Mut. Aber den habt Ihr. Den habt Ihr schon bewiesen, als Ihr gemeinsam über den Fluss der Wahrheit geflogen seid." Und er schwieg weiter. Dann sah er die beiden wieder an. Es wurde langsam wieder Tag. Und das Huhn nickte und die Maus nickte auch.

Das Huhn wollte etwas sagen, aber es stotterte dabei. „Lieber Uhu, ich habe für Dich auch ein Lied gedichtet. Willst Du es hören?" Der Uhu nickte. Das Huhn begann:

Ein Uhu, der fliegt leise

Wir andern hörn das nicht

Ein Uhu ist auch weise

Und will nur unser Glück.

Dann stockte das Huhn. „Es reimt sich nicht, es passt nicht zusammen. Das ist kein gutes Lied." Aber die Maus schüttelte den Kopf und der Uhu auch. „Es reimt sich nicht", sagte der Uhu, „aber es ist ein sehr schönes Lied. Auch Lieder, die sich nicht reimen, können sehr schön sein. Und dieses Lied wird mein Lieblingslied werden."

Das Huhn und die Maus sprachen gleichzeitig zu dem Uhu. „Vielen Dank, lieber Uhu", sagten sie. Aber der Uhu winkte ab. Seine Stimme klang etwas belegt. Er räusperte sich. „Schon gut", sagte er, „nehmt Eure Pfoten und Krallen in die Hand. Es wird Zeit, ich werde langsam hungrig. Ihr solltet schon längst weg sein." Und das Huhn und die Maus eilten los, so schnell sie konnten, bis sie an dem Strom der Verwandlung ankamen. Hinter sich hörten sie den Uhu brummen.

Uhu Uhu Uhuhu

Uhu Uhu Uhuu

Uhu Uhu Uhuhu

Uhu Uhu Uhuu.

Der Strom der Verwandlung

Das Huhn und die Maus standen am Ufer des Stroms der Verwandlung. Der Strom war so breit, dass sie das andere Ufer nicht sehen konnten. Die Strömung war stark. Das Huhn und die Maus hatten Angst, denn das, was sie vorhatten, konnte auch unsicher sein. Aber sie hatten auch Mut und die Gewissheit, das Richtige zu tun. Sie fassten sich an und jeder dachte, ohne zu sprechen, an seine Wünsche. Dann sprangen sie in den Strom der Verwandlung und hielten sich weiter ganz fest. Der Strom nahm sie mit und zog sie hinunter.

Die beiden sind wieder herausgekommen. Sie hatten sich zur selben Zeit dasselbe gewünscht. Der Uhu hatte recht gehabt. Und sie sahen sich viel ähnlicher als zuvor, aber sie sahen nicht mehr aus wie Huhn und Maus. Sie waren glücklich und zufrieden. Doch das ist eine andere Geschichte.

Ein bisschen Huhn und Maus sind die beiden in ihrem Inneren doch geblieben. Aber das wissen nur die beiden.

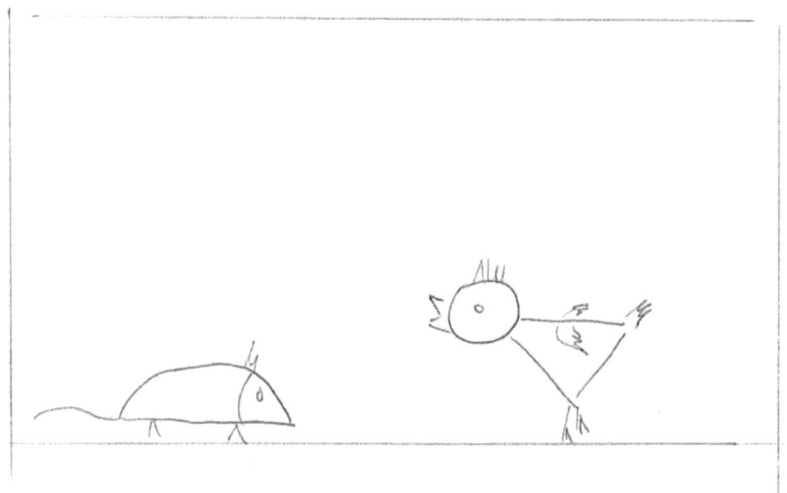